As Leis
Místicas

As Leis Místicas

Transcendendo as Dimensões Espirituais

Ryuho Okawa

3ª reimpressão

IRH Press do Brasil

Copyright © 2022, 2013, 2005 Ryuho Okawa
Título do original em japonês: *Shinpi-no-Ho*
Título do original em inglês: *The Mystical Laws –
Transcending the Dimensional Barrier*

IRH Press do Brasil Editora Limitada
Rua Domingos de Morais, 1154, 1º andar, sala 101
Vila Mariana, São Paulo – SP – Brasil, CEP 04010-100

Nenhuma parte desta publicação poderá ser reproduzida, copiada, armazenada em sistema digital ou transferida por qualquer meio, eletrônico, mecânico, fotocópia, gravação ou quaisquer outros, sem que haja permissão por escrito emitida pela Happy Science – Ciência da Felicidade do Brasil.

1ª edição
ISBN: 978-85-64658-09-7

Os textos deste livro são uma compilação de palestras proferidas
por Ryuho Okawa nas seguintes datas:

Capítulo 1: Vida após a Morte – 18 de maio de 2003
Capítulo 2: O Princípio da Possessão Espiritual – 11 de fevereiro de 2004
Capítulo 3: Os Fundamentos da Comunicação Espiritual – 12 de janeiro de 2004
Capítulo 4: O Poder do Ocultismo – 10 de dezembro de 2000
Capítulo 5: O Que Significa Crer – 6 de outubro de 2001

Sumário

Prefácio 9

Capítulo Um:
Vida após a Morte
A Vida Não se Limita a Este Mundo 11

1 • O Conhecimento sobre a "Vida Após a Morte"
Irá Mudar Sua Maneira de Viver 13

2 • Minhas Experiências Espirituais 15

3 • Fenômenos Espirituais Causados por uma
Alma na Hora da Morte 28

4 • Ir para o Céu ou para o Inferno Depois de Entrar
no Mundo Espiritual 38

5 • O Verdadeiro Significado do Treinamento
Espiritual na Terra 49

Capítulo Dois:
O Princípio da Possessão Espiritual
Como se Proteger dos Maus Espíritos 57

1 • A Ciência Moderna Não Consegue Explicar o Fenômeno da Possessão 59
2 • Possessão Significa Ser Dominado por um Espírito 63
3 • A Possessão Ocorre Quando Há Sintonia 73
4 • Os Apegos Atraem Espíritos do Inferno 82
5 • Infelicidade Causada por Espíritos Que Não Conseguem Voltar para o Céu 88
6 • Como Evitar a Possessão por Espíritos do Inferno 95

Capítulo Três:
Os Fundamentos da Comunicação Espiritual
Receber a Luz e Propagá-la para Muitos 105

1 • Um Grande Plano Preparado Há 150 Anos 107
2 • A Missão de El Cantare para Estabelecer a Nova Era Espiritual 119
3 • As Dificuldades de Canalizar as Mensagens Espirituais 123
4 • A Importância de Entrar em Retiro Espiritual 131
5 • Dons Espirituais e a Capacidade de Servir 142
6 • A Religião Tem Duas Tarefas Principais: Recarregar a Energia Espiritual e Ensinar as Pessoas 147

Capítulo Quatro:
O Poder do Ocultismo
Libere o Poder Que o Pensamento
Comum Está Bloqueando 151

1 • O Que É Ocultismo? 153
2 • A História do Ocultismo Ocidental 159
3 • Os Óvnis e a Ciência do Mundo Espiritual 167
4 • Revelar o Que Está Oculto 179
5 • Os Seres Humanos Possuem Órgãos Espirituais 181
6 • O Misticismo Dá Coragem e Poder para as Pessoas Superarem Seus Limites 186

Capítulo Cinco:
O Que Significa Crer
Superando as Barreiras Espirituais
entre Este Mundo e o Outro 189

1 • As Três Formas de Viver dos Espíritos Guias de Luz 191
2 • Uma Inversão de Valores 195
3 • Do Sucesso Mundano à Iluminação Religiosa 201
4 • A Ciência do Mundo Espiritual 203
5 • Transcendendo a Barreira entre Este e o Outro Mundo 207

Posfácio 213
Sobre o Autor 215
Sobre a Happy Science 217
Contatos 219
Outros Livros de Ryuho Okawa 222

Prefácio

Depois de ler este livro por algumas horas, tudo o que você aceitava como senso comum irá cair por terra. Certamente, nenhuma escola ou meio de comunicação nunca lhe revelou a verdade. Sejam quais forem suas dúvidas, este livro irá desvendar as verdades do grande universo. Como autor, não pretendo dizer muita coisa neste prefácio. Simplesmente apresento-lhe este livro, o décimo da Série de Leis.

Ryuho Okawa
2004

Capítulo Um

Vida após a Morte

A Vida Não se Limita a Este Mundo

O Conhecimento sobre a "Vida após a Morte" Irá Mudar Sua Maneira de Viver

Darei início a este livro abordando o tema da "Vida após a Morte". Ao ouvir essa expressão, talvez você pense em "alma" ou "espírito", mas estou me referindo à "vida após a morte" de maneira geral. Nas minhas palestras, costumo ensinar sobre o mundo das dimensões mais elevadas de forma lógica, como se fosse um fato amplamente conhecido. Isso às vezes causa impacto nas pessoas que não acreditam no outro mundo e naquelas que tendem a manter distância de religião. Portanto, quero tratar desse assunto de um modo que seja fácil de compreender até mesmo para iniciantes.

Como as pessoas costumam pensar na vida após a morte? Muitas delas "gostariam que isso fosse verdade", mas, ao mesmo tempo, há aquelas que "não acreditam, porque ainda não viram provas concretas" de que ela exista mesmo.

Os livros escolares não tratam desse tema e as escolas ensinam apenas que a vida se formou a partir da "evolução de pequenos aglomerados de proteínas". Embora a ciência médica estude sob vários ângulos o período que antecede a morte, quando se trata do mundo após a morte a maioria das pessoas evita pensar nisso, e em geral "nem quer saber nada a respeito". Assim, os conceitos sobre "o mundo após a morte" acabam excluídos dos conteúdos da educação formal.

Saber que existe vida após a morte é de fundamental importância para a nossa existência. Mesmo que você não tenha aprendido muito a respeito deste mundo, precisa pelo menos saber a verdade sobre a "existência ou não de vida depois da morte". Não conhecer nada sobre essa verdade faz com que você tenha uma compreensão totalmente equivocada da vida.

Algumas pessoas levam a vida como "se a existência se limitasse apenas a este mundo e tudo terminasse com a morte". Mas, se for como dizem nas histórias antigas, de que "mesmo que se morra, existe um outro mundo", então é preciso levar um modo de vida coerente com isso. Portanto, o fato de você acreditar ou não na existência de vida após a morte pode modificar profundamente sua maneira de viver. Trata-se de uma questão de extrema importância, com um valor muito superior ao de qualquer outro conhecimento.

Nos tempos antigos, o principal assunto da filosofia era a "vida após a morte", mas muitos filósofos não suportavam a dúvida de sua existência porque eram incapazes de prová-la e, aos poucos, passaram a discutir ideologias mais abstratas. Hoje, a filosofia mudou: aproximou-se mais da teoria científica e, com isso, afastou-se completamente dos assuntos relacionados ao mundo após a morte.

Uma religião não é verdadeira se não ensinar sobre o mundo após a morte, mas ao longo do tempo até mesmo o budismo passou a ser visto como materialista. A filosofia também se afastou dessa discussão sobre este e o outro mundo, e voltou-se mais para questões conceituais. Mesmo que haja pessoas com conhecimento sobre o outro mundo, quando aquelas que não têm experiência espiritual ou que não acreditam no outro mundo começam a falar neste assunto, o sentido começa a ser distorcido e interpretado de forma incorreta.

Minhas Experiências Espirituais

Muitas Pessoas Têm Experiências Espirituais

As pessoas que creem na existência do outro mundo imaginam que "dentro do corpo humano existe um corpo espiritual com a mesma forma do ser humano". E que "depois que um corpo físico morre e é enterrado ou cremado, o espírito permanece na Terra por algum tempo, e então é guiado para o outro mundo, onde começa uma nova vida". Em geral, a ideia vaga que possuem não vai além disso, e pensam que somente "vão descobrir como será depois que morrerem".

Todo mundo já ouviu histórias sobre fantasmas e espíritos. Mas, como nos estudos da sociedade moderna há uma tendência de se negar a existência do outro mundo, e como também existe uma predominância da ciência, as pessoas que tiveram experiências espirituais evitam falar sobre isso. Em geral, por pensarem que são "delírios, fantasias ou alucinações", muitas preferem ficar caladas. Mas, se elas perguntarem não só aos familiares mais próximos, como também aos parentes mais distantes, descobrirão que muita gente já passou por experiências espirituais.

Até a Segunda Guerra Mundial, as pessoas eram mais religiosas e era mais fácil conversar sobre fenômenos espirituais, porém hoje em dia esse tipo de assunto fica restrito a programas de televisão que gostam de fazer sensacionalismo. Isso pode nos fazer acreditar que está diminuindo o número de pessoas que passam por experiências espirituais; no entanto, ainda há muita gente que tem esse tipo de experiência.

Espíritos de um Escritor e de um Ator Vieram Me Visitar após a Morte

Gostaria agora de dar "alguns exemplos concretos de experiências espirituais pelas quais passei". Há alguns anos, o espírito de um famoso romancista japonês, T. K., que era membro da Happy Science e também dava palestras na sede central, veio me visitar algumas vezes, após sua morte. Ele havia morrido de forma muito repentina, não conseguia aceitar isso em seu coração devidamente, e ficou indo e voltando da minha casa por uns dois ou três meses, até que se foi definitivamente para o outro mundo.

Houve um ator japonês, K. N., que também veio me visitar um dia após a sua morte. Eu geralmente evito encontrar os espíritos de pessoas comuns, mas quando se trata de alguém como ele, que era um ativo palestrante da nossa sede central e como já havia conversado comigo pessoalmente quando vivo, não foi possível evitar. Por isso, conversei com ele, como se cumprisse uma obrigação, como se fosse um tributo a pagar, até que ele se sentisse atendido.

Pessoas como ele têm uma boa compreensão dos ensinamentos espirituais sobre a Verdade búdica, por isso não há o que temer, mas se ficam próximos de mim por muito tempo, começam a causar interferência na minha vida diária. Por isso, quando o espírito de K. N. apareceu em casa, desejei que não ficasse muito tempo por lá. Por isso, disse a ele que "ficaria muito grato se não ficasse tanto tempo quanto o T. K., e limitasse sua visita a apenas uns dois ou três dias". Ele acabou não permanecendo muito, pois voltou ao outro mundo após conversarmos por algum tempo.

Em volta do lugar onde moro há uma barreira de proteção espiritual que impede a entrada de espíritos malignos e dos espíritos dos mortos. Neste mundo, muitas pessoas morrem todos os dias, de acidente de trânsito ou por doença, e se eu permitir que todas essas almas me visitem, não vou ter tempo para mais nada. Por isso criei essa proteção em volta de casa, impedindo que os espíritos possam me ver. Apesar de não ser uma barreira tão grande quanto o estádio de beisebol do Tokyo Dome, possui o mesmo formato, como se fosse uma abóbada ou tenda.

No caso da morte de parentes meus, se a pessoa tem uma ligação profunda com os ensinamentos espirituais búdicos, as Leis Búdicas, ela consegue me visitar depois que morre, mas outras pessoas não são capazes sequer de ver onde estou. Os espíritos não conseguem me ver, por isso não obtêm acesso à minha casa.

Os Espíritos Podem nos Visitar quando Nossa Mente se Sintoniza com Eles, Seja pela Música ou por Meio de Livros

Como expliquei, estou protegido por uma barreira espiritual que normalmente impede que os espíritos venham visitar-me, mas há exceções, e às vezes acabo sintonizando minha mente com a de um espírito. Quando nossos pensamentos se conectam, é possível fazer contato.

Por exemplo, se eu ler a coluna de falecimentos num jornal, e nela houver a foto de uma pessoa que morreu, e se for alguém que eu conheço, naturalmente "lembro-me daquela pessoa". Então minha mente se sintoniza com a dela e, em geral, em dois ou três segundos, o espírito dela aparece do meu lado. Isso ocorre da mesma forma que no mundo espiritual, onde os espíritos podem se deslocar com muita rapidez.

Às vezes, isso pode acontecer ao assistir às notícias na televisão, por isso preciso ter muito cuidado, para evitar que o mesmo se repita. Procuro não me concentrar muito em notícias relacionadas à morte de pessoas na TV ou até nos jornais.

Preciso tomar esse cuidado com relação aos livros. Muitos autores de livros que atualmente estão à venda nas livrarias já "são falecidos e, se eu suspeito que o autor foi para o Inferno", acho melhor evitar ler seu livro, pois o simples fato de lê-lo pode fazer com que o espírito seja atraído para perto da gente. É bastante difícil lidar com isso.

Enquanto se lê um livro de alguém que já faleceu, a mente começa a sintonizar com as vibrações que o autor emitiu quando estava vivo, e isso abre caminho para o seu espírito se aproximar. Portanto, depois que atingi meu despertar espiritual, não importa "o quanto o livro seja conhecido" e seu "autor famoso", primeiro preciso examinar qual era a visão de vida dele e de que maneira morreu; se eu "sentir que essa pessoa é perigosa", evito ler sua obra.

Às vezes, o espírito pode retornar logo para seu lugar de origem, e aí não há muito problema, mas se ele decide ficar mais tempo, acaba atrapalhando minha vida. "Por exemplo, se um espírito vier todas as noites durante um mês, e não for embora, ficando até tarde, vai criar problemas. Talvez, devido a alguma circunstância, ele esteja com dificuldade em se elevar para o Céu, e "se decidir ficar morando em casa por não ter outro lugar para ir", então acabará prejudicando a realização do meu trabalho. Isso é um problema sério, porque o espírito pode não ter nada melhor para fazer, mas eu tenho muitas tarefas importantes a cumprir. Como esse tipo de coisa pode ocorrer, se eu avaliar que um livro vem de uma fonte "que oferece algum risco", eu simplesmente evito ler.

Existem numerosas obras literárias cujo conteúdo é diabólico. As pessoas às vezes acham interessante lê-las, pois algumas histórias e as descrições visuais nessa "literatura infernal" são muito similares à vida na Terra e mostram cenas familiares às pessoas que vivem neste mundo. Mas, do ponto de vista espiritual, isso é extremamente assustador.

Assim, embora eu geralmente permaneça invisível aos espíritos graças à minha barreira de proteção espiritual, se a minha mente se sintoniza com a de um espírito, ele se torna capaz de me localizar. É como se ele passasse a ter meu telefone ou número de fax.

Do mesmo modo como acontece ao ler um livro, os espíritos podem vir até mim pela música. Um dia, enquanto eu ouvia uma peça de Richard Strauss (1864-1949) chamada *Also Sprach Zarathustra* ["Assim Falou Zaratustra"], o espírito de Nietzsche, o filósofo alemão (1844-1900) que escreveu um livro com o mesmo título, apareceu vindo do Inferno. Parece-me que quando Strauss escreveu essa peça se inspirou no livro de Nietzsche. Por esse motivo, ao ouvir essa música o espírito de Nietzsche veio até mim. Pude sentir a vibração maligna emanada e então decidi nunca mais ouvir a peça. Quando contei este episódio a algumas pessoas, elas ficaram muito surpresas com esse poder. Não imaginavam que esses fenômenos pudessem acontecer, mas de fato "os espíritos dos compositores podem vir até mim ao ouvir música deles". Ou seja, o simples fato de ouvir uma peça de música abre caminho para que o espírito venha, porque quando se fica dez ou vinte minutos ouvindo uma música, sua consciência cria sintonia com aquela frequência.

No Mundo Espiritual, Não É Possível Ver Espíritos pelos quais Não se Tenha Interesse

Quando se estabelece uma conexão, é possível ter contato instantâneo com diversos tipos de espíritos. É exatamente dessa forma que ocorre no outro mundo. Ou, em outras palavras, no outro mundo é impossível você encontrar alguém com quem não possua uma ligação.

No outro mundo, quando um espírito não tem interesse por outro, ele não consegue vê-lo, mesmo que os dois estejam no mesmo espaço. Cada um deles tem seu próprio corpo espiritual e ambos são habitantes do outro mundo, mas eles não notam a presença um do outro. Às vezes pode parecer que vão se chocar, mas na realidade eles atravessam o corpo um do outro sem mesmo se dar conta disso.

Por outro lado, se um espírito tem interesse em alguém e "quer falar" ou "fazer algo junto", ambos os espíritos têm condições de se ver. Se não houver interesse, irão passar um pelo outro sem perceber, como se fossem dois fantasmas se cruzando. Na realidade, nosso mundo terreno coexiste no mesmo lugar com essas dimensões do mundo espiritual.

Dentro do mundo espiritual os espíritos vão e vêm sem se enxergar mutuamente.

Já se passaram mais de vinte anos desde que iniciei o movimento da Happy Science, e os nossos seguidores mais antigos logo alcançarão a idade em que se costuma voltar para o outro mundo. Assim, é necessário que haja espíritos preparados para recebê-los quando chegarem. De certa forma, se as pessoas que estudaram a Verdade Búdica não quisessem voltar para o outro mundo, não haveria como fazer orientação no mundo espiritual. No entanto, vários dos meus discípulos já fizeram a jornada de volta para o outro mundo preparados para isso.

Na verdade, voltar para o outro mundo não é algo nem um pouco triste. Desde que você tenha cumprido boa parte do seu trabalho neste mundo, não há por que temer essa jornada para o outro mundo.

Espíritos Que Vêm Avisar da Própria Morte

Gostaria de falar agora sobre experiências espirituais envolvendo parentes. Vou começar pela história da minha avó paterna, quando ela faleceu. Ela era filha de um monge e foi criada num templo na região de Shikoku, no Japão. Quando morreu, fazia dois anos que morava com o filho mais velho em Tóquio. Mas, antes disso, passara a vida inteira em Shikoku, por isso quando faleceu seu espírito voltou para sua cidade natal.

Meus pais e minha tia viviam em Shikoku e, exatamente na hora em que minha avó morreu em Tóquio, a porta da cozinha deles abriu uns vinte centímetros. Era uma porta de madeira corrediça, e todo mundo ficou surpreso ao ver a porta abrir devagar, sozinha. Só mais tarde descobriram que isso havia acontecido na mesma hora em que minha avó morreu.

Essa foi a primeira experiência espiritual desse tipo da qual ouvi falar, mas, estudando esta questão mais tarde, descobri que havia muitos relatos semelhantes em que as pessoas informavam a seus parentes de sua própria morte desse modo. São inúmeros os relatos desse tipo. Muitas dessas histórias envolvem pessoas que morreram durante a Segunda Guerra Mundial. Em vários casos, seus espíritos voltavam à sua cidade natal vindo da frente de batalha, a fim de visitar seus parentes. Na realidade, muitas pessoas viveram esse tipo de fenômeno espiritual.

A ocorrência mais comum era a porta da cozinha abrir de repente. Há algumas décadas, a segurança das casas não era tão rigorosa, por isso era bem mais fácil essas portas serem abertas. Outra experiência comum é "ouvir a voz da pessoa morta", ou "seus passos" ou "o som de um espírito entrando na sala". Há muitos registros de outros fenômenos físicos, por exemplo, em famílias que possuíam um altar budista, a sineta do altar soava de repente no meio da noite, sem motivo aparente. Os espíritos podem comunicar sua presença usando esses recursos, para que "as pessoas saibam que alguém morreu". Esse tipo de relato é muito comum.

Também é comum os espíritos aparecerem em sonhos. Os espíritos de pessoas que morreram na guerra às vezes visitam os parentes para comunicar sua morte. Houve diversos relatos desse tipo, e em muitos deles as pessoas apareciam vestidas do jeito que estavam na hora da morte.

Os monges que moram em templos também costumam passar por tais experiências espirituais. Conta-se que os monges muitas vezes são capazes de "saber com antecedência se haverá algum funeral num futuro próximo". Às vezes, eles acordam no meio da noite e ouvem o som de passos na sala principal do templo, e então, pouco depois "alguém chega com a notícia de uma morte" ocorrida na vizinhança. Esse tipo de experiência também é bastante comum.

Quando os espíritos não conseguem, como fantasmas, informar diretamente as pessoas sobre a sua morte, eles às vezes fazem isso por intermédio de animais ou insetos. Esse tipo de ocorrência é relatado desde tempos antigos. Por exemplo, as gralhas reagem imediatamente à morte e é por isso que as pessoas às vezes adivinham que alguém morreu ao perceber esses pássaros inquietos.

Como a alma de uma pessoa morta é incapaz de se comunicar diretamente com os vivos, ela às vezes toma posse do corpo de animais, e faz com que causem alguma alteração para informar os outros da sua morte. Também há casos de animais domésticos ou de estimação que provocam pequenas perturbações depois da morte de seu dono. Isso acontece porque o espírito da pessoa morta está tentando se comunicar por meio desses animais.

Outro exemplo, menos comum, é quando uma borboleta preta e amarela entra e sai voando de uma casa. Nesse caso, o espírito da pessoa morta tomou posse temporariamente da borboleta a fim de poder voltar e informar os outros da sua morte. Pode parecer incrível, mas às vezes os espíritos usam animais ou insetos para avisar de seu falecimento. Essas coisas realmente são passíveis de acontecer.

Em termos gerais, quando um espírito faz uma visita, é comum alguma porta se abrir e os parentes ouvirem o som de passos. Em outros casos, o sino do altar da família toca. Às vezes, os parentes conseguem se comunicar com o espírito. No caso da minha avó, muitos dos meus parentes disseram ter visto uma das portas de sua casa se abrir de repente, e acredito que isso se trate de uma história verdadeira[1].

Depois da Morte, a Alma Fica Transparente por Várias Horas

Vou relatar aqui o caso de um parente meu, que chamarei de "Fulano". Ele morreu há uns dez anos. Na época, eu já sabia que ele estava com uma doença terminal e que não viveria muito mais tempo neste mundo. Naquele período, houve uma noite em que não consegui dormir, e de madrugada, quase ao amanhecer, me levantei para ir ao banheiro. Quando acendi a luz, uma das duas lâmpadas piscou e se queimou. "Nossa, isso é muito estranho. Alguma coisa está aqui", senti. Olhei o relógio digital do banheiro e vi que marcava "4h44". O número 4 no Japão pronuncia-se "shi", e existe uma superstição de que esse "som" pode significar a morte. Depois, eu soube que essa pessoa faleceu justamente naquela noite às "4h44" da manhã, no mesmo momento em que a lâmpada se queimou.

De alguma forma existe uma relação entre os espíritos e a energia elétrica, e parece que eles podem se influenciar mutuamente.

---

1. Para mais exemplos, recomendo consultar, entre outros, o livro *Ikai-kara-no-Sain* ["Sinais do Outro Mundo"] de Miyoko Matsutani, Capítulo 3 (Editora Chikuma Shobo Publishing), e o livro *Kaikan-Ryoko* ["Viajando com Fantasmas"], de Shigeru Mizuki, Capítulo 14 (Editora Chuko Bunko).

Vida após a Morte

Embora "Fulano" tivesse falecido em Shikoku e eu morasse em Tóquio, por volta das 11h30 daquela manhã seu espírito apareceu em Tóquio, o que significa que viajou várias centenas de quilômetros em questão de horas. Quando ele apareceu para mim poucas horas após sua morte, seu corpo estava transparente. Eu podia ver claramente os objetos e os armários da minha cozinha através do corpo dele. A forma vaga de seu corpo dava a impressão de ser feito de gelatina ou outro material transparente.

Seus traços faciais e sua silhueta eram bem nítidos, mas suas pernas pareciam oscilar, como se fossem algas marinhas no leito do oceano, com contornos difusos; elas oscilavam como se fossem vistas através de uma onda de calor. O resto do seu corpo era visível, mas transparente.

Eu sabia que ele havia morrido, mas como o fato ocorreu justamente pouco antes de uma palestra que eu estava para realizar no estádio Tokyo Dome, eu não pude ir ao funeral. Então lhe dediquei a leitura do sutra fundamental da Happy Science, *"Ensinamento Búdico: Darma do Correto Coração"*, e em seguida conversei um pouco com ele.

Em geral, as cerimônias fúnebres que eu realizo são bem simples. Uma vez que o espírito da pessoa falecida vem até mim, basta recitar o nosso sutra fundamental e conversar um pouco com ele, que já é o suficiente. Como detenho o poder espiritual do Darma, isto é, a força da lei divina, consigo guiar os espíritos de volta ao outro mundo; portanto, não preciso realizar cerimônias formais e complicadas.

Esta foi uma de minhas muitas experiências. Ela me ensinou que os espíritos são capazes de percorrer centenas de quilômetros em poucas horas depois que morrem, que eles têm um aspecto transparente e que suas pernas não são claramente definidas.

O Caso da Energia Espiritual de um Empresário Ainda Vivo que Veio Me Pedir Ajuda

Não são apenas os espíritos dos mortos que vêm me visitar; às vezes, espíritos de pessoas vivas também aparecem na minha frente. Uma alma é uma entidade complexa, então é possível que uma parte dela se desprenda do corpo a fim de visitar outra pessoa. Eu já encontrei muitas vezes o espírito de pessoas vivas.

Quando a sede da Happy Science ficava ainda na vila Kioicho, no distrito de Chiyoda-ku, em Tóquio, havia um empresário que às vezes vinha nos visitar no escritório. Eu soube que, quando ele ficou muito doente e precisou se submeter a uma operação, passou a ouvir avidamente as gravações das minhas palestras. Depois, ele mesmo me contou que "as palestras o ajudaram a superar sua provação", por isso acho que ele acreditava nos ensinamentos espirituais da Verdade Búdica. Ele era muito interessado no mundo espiritual, e um dia precisou se aposentar de sua empresa devido a alguns problemas que ocorreram.

Um verão, quando eu estava na região das montanhas da cidade de Karuizawa, onde alugara uma pequena cabana de madeira, na mesma época ele envolveu-se num escândalo. Certo dia, percebi uma figura sombria agachada num canto do meu quarto, como se fosse um ninja. Ao olhar mais de perto, vi que era a energia espiritual desse empresário. Apesar de o homem ainda estar vivo, sua alma apareceu para mim, encolhido como uma sombra escura.

Na época, "eu ainda não sabia por que ele queria me ver", porém mais tarde soube pelos jornais do escândalo em que ele se envolvera e então compreendi que "ele estava rezando, pedindo a minha ajuda espiritual". No entanto, sua alma não era transparente, e sim escura, parecendo-se mais com a sombra de alguém.

Esse fato nos revela que uma parte do corpo espiritual de uma pessoa ainda viva pode se deslocar e aparecer diante de outras pessoas. Quando uma pessoa viva está passando por um grande perigo, em vez de pedir ajuda aos Espíritos Elevados, uma parte de sua alma pode se mover a grandes distâncias e aparecer diante de outra pessoa em que ela confie. Trata-se de uma forma de viagem astral ou projeção astral, também chamada de experiência extracorpórea.

Fenômenos Espirituais Causados por uma Alma na Hora da Morte

Almas Que Flutuam no Ar como uma "Bola de Energia Espiritual"

Qual é a sensação de estar morto? O que ocorre com nosso corpo espiritual quando morremos? Quando procuramos nos informar sobre isso em livros, vemos que muitas vezes eles descrevem o modo como a alma experimenta a viagem astral, dizendo que ela voa pelo céu, na forma humana, como se fosse Peter Pan. De fato, a pessoa morta pode ter essa sensação, mas isso não significa necessariamente que a aparência, vista de fora, seja esta.

No passado, costumavam chamar essa bola espiritual de "fogo-fátuo". Achavam que quando uma pessoa morria virava uma "bola de fogo", um pouco maior que um punho fechado, que ardia como uma chama branco-azulada ou uma luz levemente alaranjada. Diziam que quando se via uma dessas luzes acima do telhado de uma casa, ficavam sabendo que "alguém que morava ali estava para morrer em pouco tempo".

É comum também ouvirmos histórias de "uma bola de fogo se elevando do telhado da casa de algum doente terminal, pouco antes de ele morrer".

Vida após a Morte

De fato, quando uma pessoa morre, sua alma abandona o corpo, e embora ela pense que está flutuando numa forma humana, para quem vê de fora ela mais se parece com uma bola de energia espiritual. No entanto, é muito raro conseguir ver o exato momento em que a alma abandona um corpo, mas quando o faz, ela não apresenta mãos ou pernas, e flutua na forma de uma bola de energia espiritual. É fácil, portanto, entender por que é capaz de voar várias centenas ou mesmo milhares de quilômetros.

Essa bola de energia espiritual somente é visível àqueles que têm visão espiritual. Apesar de achar que os povos antigos e da zona rural a viam com frequência por causa da visão espiritual, também é possível que tenham visto uma manifestação material perceptível a olho nu, chamada de fogo-fátuo, uma espécie de bola de fogo. Muitas pessoas tentaram explicá-lo, dizendo que eram gases inflamáveis exalados dos túmulos, que entravam em combustão. Dizem que algumas queriam saber se as chamas queimavam, e parece que houve até alguém que chegou a tocar esses fogos-fátuos. Outras relataram que os fogos-fátuos tinham a consistência macia de um *marshmallow* ou de um algodão-doce, ou que lembravam o toque da seda.

Dizem que uma dessas pessoas, mais curiosa, decidiu investigar quanto peso o corpo perdia após a morte e chegou à conclusão de que era de cerca de 35 gramas, e que seria, portanto, o peso aproximado de uma alma. Bem, acho que uma balança geralmente é bem imprecisa, e pode apresentar diferenças de até cem gramas, por isso não sei como essa pessoa chegou a essa conclusão. No entanto, é comum ouvirmos dizer que um corpo fica mais leve após a morte. Falando por experiência própria, tenho a impressão de que um corpo de fato parece ficar mais leve após a morte. Mas nunca pesei um corpo antes e depois da morte para saber, por isso não posso afirmar se isso ocorre ou não. No entanto, esse tipo de relato é bastante comum[2].

Apesar de toda essa controvérsia, as pessoas de fato assumem o formato de uma bola de energia espiritual ao deixarem o corpo.

Na Índia antiga, diziam que a alma tinha o tamanho de um dedo polegar e que saía do corpo quando este morria. Bem, não importa se o tamanho desse algo que sai do corpo após a morte é grande ou pequeno. O que de fato ocorre é que uma espécie de bola parece deixar o corpo carnal.

A História do Homem Que Prendeu uma Bola de Energia Espiritual Dentro de uma Bacia

Certa vez, foi relatado na província de Iwate, no norte do Japão, que alguém havia capturado uma bola de energia espiritual. Era um homem que trabalhava no escritório da prefeitura local.

Dizem que um dia ele estava em casa, olhando para a entrada, e de repente viu uma bola de energia espiritual. Na hora ele percebeu do que se tratava e, pegando uma vassoura, saiu perseguindo-a pela sala até conseguir prendê-la debaixo de uma bacia. Até parece uma cena do filme *Os Caça-Fantasmas*, mas contam que ele conseguiu prender essa forma de energia dentro de uma bacia.

---

2. Para mais informações, consulte o livro *Gendai Minwa-ko* ["Reflexões sobre Histórias Populares Contemporâneas"], de Miyoko Matsutani (Editora Rippu Shobo Publishing), e também o livro *Weighing the Soul* ["Pesando a Alma"], de Len Fisher (Editora Weidenfeld & Nicolson).

Pouco tempo depois, um dos vizinhos foi avisá-lo: "Você precisa vir rápido; seu tio acaba de morrer!" O tio dele morava perto. Estava confinado à cama havia muito tempo e todos sabiam que seu fim estava próximo. Quando o sobrinho ouviu a notícia, foi prestar-lhe as últimas homenagens.

Quando estava saindo de casa, ficou preocupado com a energia espiritual que aprisionara na bacia. "Acho melhor soltá-la", pensou e, levantando a bacia, deixou-a sair. Então, caminhou até a casa do tio e, ao chegar, o homem que diziam morto tinha acabado de abrir os olhos e começado a respirar de novo. Nesse momento, seu tio ressuscitado o repreendeu: "Como você teve coragem de me perseguir com uma vassoura? Não acredito que você me prendeu dentro de uma bacia". Nessa história, a alma do tio, não podendo retornar ao corpo, pois tinha sido capturada pelo sobrinho, estava morrendo. Por isso, se o sobrinho não tivesse tido a ideia de soltá-la para que voltasse ao corpo, o tio teria morrido.

Quando uma pessoa está à beira da morte, sofrendo há muito tempo com uma doença, é comum que a alma saia e retorne ao corpo várias vezes. No caso daquele homem, quando sua alma saiu do corpo, acabou sendo presa na bacia, e como não conseguia voltar, ele foi dado como morto. Mas, depois que a alma foi solta e retornou a si, o homem reviveu e ficou furioso com o sobrinho por tê-lo capturado. É claro, o sobrinho não fazia ideia de que aquela energia espiritual era a alma do tio, e tremeu de horror ao ficar sabendo.

Neste exemplo, vimos a história de um homem que prendeu a alma do tio, que depois conseguiu reviver. Provavelmente, o tio não percebeu que estava se deslocando na forma de uma energia espiritual; talvez estivesse imaginando que foi andando até a casa do sobrinho na sua forma humana normal, e por isso ficou tão irritado por ter sido perseguido a vassouradas e preso numa bacia. Vários Incidentes como estes foram registrados e sua descrição é tão realista que acho que podem ser eventos que de fato aconteceram[3].

Assim, a alma às vezes pode deixar o corpo temporariamente, quando está perto da morte, e é possível se tornar uma bola de energia espiritual alguns dias antes que a morte de fato ocorra. Esse parece ser um tipo de treinamento de ida ao outro mundo pelo qual a alma passa antes de sua partida definitiva. Por isso, é muito difícil dizer o momento exato em que a morte ocorreu.

Histórias de Pessoas Que Voltam à Vida para Levar Outras Embora

No oeste do Japão também há muitas histórias de pessoas que reviveram. Uma delas é a de um homem rico de Osaka, dono de uma grande mansão. Ele morava nela com a esposa e a amante. As duas se odiavam, mas fingiam se dar bem, para manter as aparências.

Um dia a esposa ficou doente e logo depois morreu. Foi realizado um velório e os presentes, a certa altura, recolheram-se a quartos reservados, para descansar. No meio da noite, ouviram-se ruídos estranhos no corredor, como se uma bengala estivesse sendo golpeada no chão. Eram sons

---

3. Ver Miyoko Matsutani, *Gendai Minwa-ko IV* ["Reflexões sobre Histórias Populares Contemporâneas IV"] (Rippu Shobo Publishing); *Gendai Minwa-ko 4* (Chikuma Bunko); Kunio Yanagita, *Tono-Monogatari, Fu, Tono-Monogatari-Shui 151* ["Histórias de Tono, Suplemento 151"] (Kadokawa Bunko), entre outros.

assustadores. A velha mansão tinha, num dos corredores, acima das portas, uma lança exposta numa prateleira. A história conta que a esposa morta reviveu, pegou a lança e foi até o quarto da amante, apoiando-se na lança como se fosse uma bengala. Então abriu a porta, matou a amante com a lança e caiu morta de novo[4]. É assim que essa história está registrada. Ela mostra o ódio terrível que acometeu aquela esposa, e que a fez decidir levar embora a amante do marido. Se continuasse alimentando esse tipo de sentimento no outro mundo, certamente teria se tornado um demônio, por isso ela achou melhor purificar seu ressentimento desse modo, embora talvez essa não fosse a melhor forma. Na verdade, é bastante comum que as pessoas tomadas por pensamentos obsessivos tão fortes retornem à vida mesmo depois de terem morrido.

Há ainda uma história registrada no nordeste do Japão, do velório de uma mulher idosa, que levantou do caixão no meio da noite e foi dar uma volta perto da lareira. Ao passar por ali, um recipiente redondo de carvão girou de leve, mostrando que ela o havia tocado fisicamente[5].

Estes relatos mostram que, pouco antes da morte, a alma pode provocar diferentes tipos de fenômenos. A verdade é que se você tiver algum apego muito forte a este mundo, não conseguirá ir para o outro imediatamente. Quanto mais ouvimos esse tipo de história, mais claro fica que está correto o antigo ensinamento búdico: "Liberte-se

---

[4]. Ver Miyoko Matsutani, *Gendai-Minwa-ko V* ["Reflexões sobre Histórias Populares Contemporâneas V"].

[5]. Matsutani, *op. cit.*; Kunio Yanagita, *Tono-Monogatari* ["Histórias de Tono"], Capítulo 22 (Kadokawa Bunko).

dos apegos". O budismo ensina que as pessoas que têm fortes apegos a este mundo não são capazes de voltar ao outro mundo, por isso devemos trabalhar para nos livrar de quaisquer apegos.

Este ensinamento é uma verdade, particularmente importante para pessoas com idade mais avançada. Ao sentirem que a morte está se aproximando, é melhor que se esforcem para colocar tudo em ordem, para não deixar problemas pendentes ao morrer.

Às vezes a morte pode ser previsível, mas costuma vir de repente. Quando uma pessoa tem consciência do pouco tempo de vida que lhe resta, consegue fazer os preparativos necessários e talvez não mantenha fortes apegos, mas há muitas situações em que se morre muito antes do esperado, por causa de uma doença ou um acidente. Nesses casos, se ela não conseguir resolver adequadamente seus problemas neste mundo, terá dificuldades em entrar no Mundo Celestial.

À medida que se tornam mais velhas, as pessoas precisam deixar as coisas bem resolvidas, uma por uma. Mesmo que ainda não sejam idosas, algumas morrem de repente aos 40, 50 anos, por isso é sempre bom estar preparado e tentar deixar seus problemas resolvidos, pensando na eventualidade de algum acontecimento inesperado. Se você agir dessa forma, quando deixar este mundo, a morte não lhe causará grandes danos e tudo fluirá muito tranquilamente.

Acredito que as pessoas que estão se aprimorando espiritualmente há um bom tempo por meio dos estudos da verdade na Happy Science não têm muitos apegos; no entanto, se não estiverem preparadas adequadamente, terão as mesmas dificuldades.

Vida após a Morte

Os Espíritos Querem Comunicar Seus Pensamentos às Pessoas deste Mundo

Para os espíritos que retornam ao outro mundo, um dos aspectos mais difíceis de aceitar é constatar que eles não conseguem mais se comunicar com os vivos. Para eles, isso é um grande inconveniente. Alguns espíritos podem pensar, por exemplo: "Tem uma coisa muito importante que eu queria dizer, mas me esqueci, e também não incluí no meu testamento". Enfim, como são raras as pessoas capazes de ouvir as vozes dos espíritos, esta situação é muito difícil para eles.

Mas, baseando-se na minha larga experiência com esses assuntos, acho que as pessoas deveriam dar graças a Deus por não conseguir ver ou ouvir espíritos, pois, se isso ocorresse, elas não teriam mais paz em suas vidas.

Como já mencionei, tenho uma barreira de proteção espiritual que mantém todos os espíritos à distância, exceto alguns poucos que pertencem aos reinos mais elevados. Certa noite, quando eu estava deitado, pensando numa palestra que iria fazer sobre "a vida após a morte", fui abordado por todo tipo de seres espirituais, que me pediam para falar deles na palestra. Sem dúvida, foi uma noite bem movimentada.

Talvez eu estivesse emitindo intensamente um pensamento sobre o que pretendia falar da vida após a morte e, com isso, muitos espíritos imaginaram que eu poderia incluir suas histórias. Por isso, vários deles vieram me pedir isso. Todos aqueles espíritos que, em condições normais, não têm como me acessar, apareceram por volta da meia-noite, e continuaram tagarelando até duas ou três da manhã. Alguns chegaram a me perguntar: "Você vai citar meu nome, não vai?" "É que eu me esqueci de dizer uma coisa antes de morrer e queria ver se você poderia transmiti-la para mim". E assim foi. Passei a noite toda sendo interrompido por vozes de espíritos.

Nem sempre se trata de espíritos que não conseguiram voltar para o Céu. Mesmo entre os espíritos que já voltaram para o outro mundo, alguns desejam enviar mensagens àqueles que ainda estão vivos, pois são incapazes de se comunicar com eles. É como alguém que quer enviar uma mensagem depois de ter mudado de endereço.

Já comentei antes sobre o ator K. N. Ele havia entrado no Céu sem problemas, mas no dia seguinte ao de sua morte, veio até mim pedir que cuidasse de sua mulher e de sua filha, pois eram sua única preocupação. Eu disse a ele que as duas estavam em situação financeira estável, e que por isso ele não tinha por que se preocupar. "Eu sei, e sou muito grato por isso", replicou, "mas, por favor, certifique-se de que elas estão bem." Essa era a única preocupação que ele tinha e, como era seu último desejo, senti-me na obrigação de atendê-lo. Por isso, continuei atento às necessidades delas.

Ele sabia que se viesse até mim sua mensagem seria ouvida, por isso fui receptivo ao que ele tinha a dizer. Eu não lido com todas as outras pequenas requisições, mas faço o melhor possível para que aqueles desejos que são mais importantes para um espírito possam se cumprir.

O escritor T. K. também voltou para o Mundo Celestial algum tempo após sua morte. Mais tarde, depois de se habituar à sua boa vida no mundo espiritual, veio me visitar e perguntou se eu publicaria um livro com suas mensagens espirituais. Eu disse a ele que em geral não publico mensagens espirituais de pessoas que voltaram recentemente ao Mundo Celestial, porque elas ainda não alcançaram as características mínimas para se tornarem deuses.

Na verdade, uma mensagem de um espírito que acabou de voltar não tem valor muito especial. A não ser que ele tenha vivido no mundo espiritual algumas centenas de anos, não terá nada muito fundamental a dizer, pois ainda será humano demais. Tais espíritos ainda não têm *status* elevado o suficiente para enviar mensagens espirituais. Eu também lhe disse que não me sentia à vontade para publicar suas mensagens espirituais porque ele foi meu discípulo. Devido à posição que ocupo, não posso favorecer um discípulo em particular. Assim, ele concordou em limitar sua mensagem a uma pequena nota manuscrita.

É comum haver esse tipo de discussão com os mortos. Nem todas as pessoas que morreram têm apegos ou desejos obsessivos, mas muitas delas sentem que não conseguiram se despedir como gostariam das pessoas que deixaram aqui. Assim, quando têm oportunidade, querem fazer uma despedida adequada. Por isso, às vezes voltam a este mundo na forma de fantasmas e, como descrevi anteriormente, fazem acontecer todo tipo de fenômenos espirituais.

Ir para o Céu ou para o Inferno Depois de Entrar no Mundo Espiritual

A Primeira Coisa Que os Espíritos Devem Fazer É Refletir sobre Sua Vida Terrena

Os espíritos das pessoas falecidas devem deixar este mundo num prazo de 49 dias após sua morte. Na realidade, há uma regra geral segundo a qual eles não devem ficar vagando pela Terra por mais de três semanas, mais ou menos, após seu perecimento. No máximo, podem ficar até 49 dias. Em menos de dois meses, portanto, são informados de que é hora de partir e que devem abrir mão deste mundo.

Durante esse período, são deixados à vontade. Ainda não estão prontos para entrar no outro mundo em definitivo, portanto, ficam indo e voltando, entre este mundo e o outro. Circulam e observam as pessoas deste mundo, e ficam preocupadas com as providências para o seu funeral, com o destino que será dado às suas posses, com a administração da sua empresa, se seus filhos estão se dando bem com os irmãos ou se o cônjuge já está se encontrando com alguém. Em geral, podem ficar neste mundo por quase dois meses. Depois disso, porém, são informados de que é hora de partir.

Vida após a Morte

Na verdade, quando as pessoas morrem, um espírito guia vem para conduzi-las ao outro mundo; no entanto, ainda tendem a voltar para cá mais uma vez. Ou seja, têm permissão de ficar aqui um tempo adicional, para poder estudar as diferenças entre este e o outro mundo. À medida que o tempo passa, vão se acostumando à nova vida como espírito, e seus atributos físicos ou materialistas aos poucos desaparecem. Quando isso se consolida, então lhes é sugerido que abandonem este mundo e passem de vez para o outro.

É quando elas chegam ao rio Estige ou "Sanzu", um rio espiritual que separa este mundo do outro. Depois de atravessá-lo é que se tornam de fato mortas para este mundo. Nessa hora, encontram-se na entrada do mundo espiritual, também chamado de "Reino Astral" ou "Reino Póstumo".

Na margem oposta do rio Estige geralmente há um grande campo repleto de flores amarelas de canola e outras lindas espécies, onde parentes, amigos e conhecidos já falecidos vêm recebê-las. É aí que muitas pessoas se enganam, pensando ter chegado ao paraíso. Mas não se trata do paraíso exatamente, e sim do Mundo Astral – o primeiro lugar para onde vão as almas das pessoas que morreram e onde aguardarão até que se defina se irão para o Mundo Celestial ou para o Mundo do Inferno.

Do mesmo modo que as almas das pessoas ainda ficam um tempo neste nosso mundo após a morte, elas também passam um período nesse mundo astral, vivendo como espíritos e refletindo sobre sua vida, até que seu destino final seja decidido. Nessa fase, a alma tem oportunidade de assistir, como se fosse num filme, aos diversos aspectos de sua vida. Às vezes vem um espírito guia para confirmar a sua compreensão sobre cada um dos eventos em sua vida.

Do mesmo modo como temos filmes aqui na Terra, no outro mundo a vida da pessoa costuma lhe ser apresentada como um filme. Mas também há vezes em que é vista como se ela estivesse olhando num espelho. Há relatos de que nos tempos antigos, quando as pessoas ainda não conheciam as imagens projetadas, a vida delas era mostrada como se fosse um livro de anotações, onde todas as ações de sua vida terrena tivessem sido registradas. Em países budistas e hindus, esse livro é chamado de "Registros de Yama" – Yama é o supremo juiz do Inferno.

O cientista, filósofo e místico Emanuel Swedenborg (1688-1772), que escreveu uma vasta obra sobre o mundo espiritual em suas *Experiências no Outro Mundo*, relata ter visto o seguinte:

"Certa vez, foi oferecida a um espírito a oportunidade de se arrepender das ações que cometera em vida. Em sua existência na Terra, o homem recebia propinas e fazia transações ilegais, e registrava isso num pequeno caderno. Quando o espírito juiz olhou bem nos olhos dele e fitou-o de cima a baixo, o caderno que ele havia escrito de repente surgiu do chão e, a seus pés, as páginas se abriram, permitindo que todos os demais espíritos ali presentes vissem o que ele havia feito".

"Aquele caderno também continha registros de coisas que o homem já se esquecera de ter feito. Mostrava tudo o que ele havia pensado e feito aqui na Terra, e conforme as páginas viravam, os outros espíritos viam todos os seus pensamentos e ações. E mais: havia lá também coisas que ele nunca havia registrado. Ele ficou muito surpreso e chocado."

Antigamente, era desse modo que as pessoas viam os detalhes de sua vida. Quando refletiam sobre seus pensamentos e ações passadas, contavam com esses registros escritos. Hoje em dia, porém, a vida das pessoas geralmente é apresentada na forma de um filme ou como imagens num espelho. Assim, após passar um tempo no Mundo Astral refletindo sobre sua vida, finalmente o seu destino no outro mundo é decidido.

Por Que o Outro Mundo Foi Dividido em Céu e Inferno

Atualmente, o Céu e o Inferno estão claramente separados, mas isso nem sempre foi assim. Como a população do Inferno crescia, foi preciso separar seus habitantes, e isso criou uma clara divisão. No entanto, num passado muito distante, Céu e Inferno coexistiam num mundo semelhante ao Reino Astral. Naquele tempo, os espíritos celestiais viviam no alto de uma colina. Era como neste mundo terreno, em que, quando vamos comprar uma casa, escolhemos os locais mais altos, com uma vista bonita, pois são mais valorizados que os lugares baixos, sem vista nenhuma para apreciar. Do mesmo modo, os espíritos com consciência celestial mais elevada gostavam de viver em locais mais elevados. Já os espíritos infernais ou de baixo nível de evolução viviam ao redor do sopé da montanha, entre lagoas, pântanos e cavernas. Alguns viviam mais baixo ainda, em áreas úmidas e alagadas.

Talvez você ache estranho que um lugar celestial como o Reino Astral pudesse coexistir com um lugar infernal, e que seres totalmente diferentes convivessem na mesma dimensão. Mas é assim que as coisas eram originalmente.

Espíritos de consciência elevada viviam em lugares altos, com belas paisagens, enquanto os espíritos de consciência infernal ocupavam pântanos e cavernas. Essa situação perdurou por muito tempo.

No entanto, como esses dois tipos de espíritos viviam na mesma região, muitas vezes acabavam entrando em contato, e com frequência isso resultava em ocorrências desagradáveis. Para ambos era uma experiência difícil, e quanto mais tinham contato, mais sentimentos desagradáveis surgiam em ambas as partes. Assim, à medida que o tempo foi passando, a distância entre eles aumentou.

Um número cada vez maior de espíritos celestiais desejava que os espíritos infernais fossem para outro lugar, e chegou um ponto em que estes últimos foram forçados a ir cada vez mais para debaixo da terra. Com isso, os subterrâneos se expandiram, até que se formou um grande reino na parte inferior. Os espíritos celestiais não se sentiam bem em conviver com eles, e ansiavam por um mundo mais adequado para si. Foi dessa forma que o mundo espiritual se dividiu gradativamente.

Como o outro mundo é o mundo dos pensamentos, quando as pessoas expressam como gostariam que a cidade e o local fossem e o tipo de vida que queriam ter, e tomam a decisão de fazer desse jeito, a junção dos pensamentos faz manifestar esse tipo de cidade paradisíaca.

Já os espíritos que viviam em torno dos lagos e pântanos ou nas cavernas são como os vagabundos ou desocupados que perambulam ou moram nas praças e parques das cidades de hoje. Os espíritos superiores sentiam que se não os isolassem, a cidade perderia o valor. Como não se sentiam bem com eles, achavam que eles deveriam ser afastados para bem longe. Nesse momento, um grande número de espíritos uniu sua força de vontade e fez com que os espíritos inferiores caíssem repentinamente numa região inferior subterrânea, colocando uma barreira para separá-los do resto do mundo espiritual. Assim, foi criado um novo reino na parte inferior do mundo celestial, que aos poucos foi se expandindo e crescendo bastante. Foi assim que o Mundo Celestial e o Mundo Infernal se separaram.

Atualmente, as pessoas que alcançaram certo nível de iluminação na Terra ascendem ao mundo celestial após a morte, enquanto outras caem direto nas profundezas do Inferno. Existem vários relatos de que a viagem para o outro mundo é semelhante à passagem por um túnel. Há algum tempo, eu também ensinei sobre isso. Muitas pessoas que passaram por experiências de quase-morte disseram terem sido sugadas e que viajaram por um túnel escuro até emergir de repente num mundo de luz muito forte.

No entanto, esse túnel que leva à luz é um túnel entre diferentes dimensões, e às vezes também pode se abrir para baixo. Há casos em que as pessoas se veem primeiro num mundo estranho, que não conseguem entender. Assim, ficam um tempo vagando e então deparam com um buraco que se abre no chão, que às vezes se parece com um poço profundo. "O que será isso?", pensam enquanto observam, e de repente são sugadas por ele e enviadas para baixo, como se descessem de elevador para o subsolo, até alcançar um nível inferior adequado para si no mundo do inferno. É assim que é determinado para onde se vai no mundo do inferno.

Existe também um túnel escuro que vai até as dimensões inferiores. Se a pessoa descer por aí, irá sair no inferno. A sensação que se tem é de que está caindo em direção ao centro da Terra. Esta é uma outra forma de buraco que liga uma dimensão a outra. Apesar de não haver muitos registros desse tipo de experiência, ela foi relatada dessa maneira.

Originalmente, não havia uma separação clara entre Céu e Inferno; a única divisão entre esses dois domínios ocorria num plano horizontal. É como na região de Manhattan, em Nova York, em que existem áreas perigosas e degradadas – onde até mesmo uma viatura policial, se for estacionada sem deixar ninguém cuidando dela, será completamente depenada – que coexistem com bairros ricos. O Céu e o Inferno eram mais ou menos assim, divididos apenas por um plano horizontal.

Os habitantes, porém, não conseguiam suportar essa situação indefinidamente, e aos poucos foram sendo separados em dimensões diferentes. Como um grande número de habitantes compartilhava uma mesma imagem do seu mundo celestial, aos poucos foram transformando-o para que ficasse de acordo com essa visão. É assim que as coisas funcionam no outro mundo.

Na Happy Science estudamos esse tipo de mundo e também as outras dimensões espirituais; eu já ensinei muitas coisas sobre as dimensões e reinos superiores. No entanto, é muito comum as pessoas terem de passar por experiências espirituais em reinos menos elevados.

A Luz do Sol Espiritual Não Chega ao Inferno

Apesar de ter afirmado que o Inferno se originou em cavernas e terras úmidas, alagadas, em volta de pântanos e lagos, não significa que essas rochas e cavernas existam fisicamente. Elas não são de matéria real, mas apenas manifestação da força mental. O que faz com que se manifestem é a preferência de certas almas por lugares escuros, úmidos, e também o desejo de se esconder da luz. A luz tem poder de revelar o mal, por isso os habitantes desses locais querem evitá-la. Assim, o inferno surgiu justamente porque esse desejo de evitar a luz atrai energias de pensamento similares.

A luz do Sol Espiritual que existe no mundo celestial não chega até o Inferno. No entanto, também há lugares onde se pode ver um brilho avermelhado melancólico, semelhante a um pôr do sol terrestre. Os espíritos do Inferno vivem num domínio muito parecido com este nosso mundo, e o Sol Espiritual às vezes pode ser visto brilhando timidamente em meio à negritude do seu céu. Às vezes, os espíritos desse mundo o confundem com a Lua, mas, na realidade, é o Sol Espiritual.

Quando expostos à luz do Sol Espiritual, os espíritos do Inferno sentem-se ofuscados. Para sermos mais exatos, essa luz lhes causa sofrimento. Nesse sentido, eles se parecem muito com as toupeiras. Esses animais, embora capazes de diferenciar o claro do escuro, são praticamente cegos e passam a vida toda no subsolo. Dizem que as toupeiras não conseguem viver muito tempo fora do subsolo. Do mesmo modo, os espíritos do Inferno preferem viver no subsolo porque sua mente tem essa tendência de evitar a luz.

Talvez você imagine que eles se sentiriam felizes se alguém lhes providenciasse luz, mas não é assim. Eles reagem como as baratas, as aranhas ou os ratos. Não se sentem bem quando alguma luz aparece no meio da escuridão, e então fogem e se escondem. E só saem quando está tudo escuro. Do mesmo modo, as almas perdidas do Inferno também não gostam da luz. Odeiam ficar expostas à luz do Sol Espiritual e não conseguem viver senão rodeadas de coisas que obstruam a luz. É por isso que a luz do Sol Espiritual fica enfraquecida no Inferno.

A Força Que Sustenta a Vida no Inferno Tem Origem nos Desejos Mundanos

O principal poder que sustenta a vida no Inferno vem dos desejos mundanos. Todos os seres humanos emanam uma energia resultante de seus desejos. Quando essa energia tem origem em desejos egoístas e mundanos como apegos a bens materiais, dinheiro, posição social, sexo, querer ser superior aos demais, autopreservação em detrimento dos outros etc., ela acaba se tornando a fonte de energia que sustenta a vida no mundo infernal.

Algumas pessoas, quando envelhecem e se aproximam da morte, pensam em aproveitar até os últimos momentos, alimentando muitos desejos. É como se dissessem: "Eu quero mais e mais!". Alerto que essas pessoas precisam tomar muito cuidado com isso.

À medida que envelhecemos, nosso corpo começa a enfraquecer; as pernas já não suportam mais o nosso peso, e podemos até ficar confinados a uma cadeira de rodas ou uma cama. Por isso, como logo receberemos o diploma desta vida, nessa fase é melhor começar a se desapegar dos desejos mundanos e ir aos poucos se esquecendo deles. Ao envelhecer, devemos começar a pensar mais no outro mundo do que neste. É por isso que as funções do seu corpo começam a falhar, para que você deseje prosseguir e passar para o outro mundo.

Mas, se apesar disso, sua ambição se tornar cada vez maior e você ficar ainda mais apegado, essa energia será convertida em uma fonte de energia para o Inferno. Por isso é bom ter muito cuidado com esses desejos.

 Os habitantes do Inferno às vezes ficam sem energia, por isso vêm à Terra em busca de pessoas com uma natureza semelhante à deles, das quais possam sugar essa energia. Eles frequentemente roubam energia dessas pessoas. Como um carro que não funciona bem sem o combustível certo, esses espíritos vêm atrás daqueles que tenham uma energia da mesma natureza que a deles. Desse modo, conseguem a energia adequada para alimentar seus desejos, pois são incapazes de viver sem esse tipo de força. Em termos gerais, os espíritos do Inferno são egoístas, autocentrados e só pensam em si mesmos. Quando criam relações pessoais, pensam apenas se aquela pessoa irá beneficiá-los, servi-los ou ser de alguma utilidade. É só nisso que pensam e não querem outros relacionamentos; apenas com pessoas que possam servi-los ou funcionar como presas.

 Por outro lado, a maioria dos espíritos do mundo celestial deseja ser útil aos outros. Por essa característica de companheirismo, conseguem viver bem juntos, mas são incapazes de conviver com aqueles que têm mentes errantes. Por isso esses dois grupos escolheram viver separados. De certo modo, ambos acham melhor que seja assim.

 O Inferno é, sem dúvida, um lugar de sofrimento; por isso, os espíritos que ali se encontram lutam desesperadamente para escapar. Assim, procuram aliviar seus sofrimentos passando grande parte do tempo possuindo as pessoas na Terra. Também querem aumentar o número de "amigos" e fazer com que as pessoas da Terra vivam da mesma forma que eles.

Por exemplo, se uma pessoa destruiu a própria vida na Terra por causa da dependência do álcool, depois que morre tenta possuir outro alcoólatra ou alguém com tendência ao alcoolismo, para se satisfazer e também fazê-lo beber ainda mais e destruir sua vida.

O mesmo ocorre com viciados em jogo. Por exemplo, uma pessoa que tenha contraído dívidas imensas e ido à falência por apostar em corridas de cavalo ou outro tipo de jogo de azar, levando com isso a família toda a se suicidar, após a morte deseja ardentemente voltar às pistas de corrida. E ao encontrar alguém que gosta de apostar, irá possuí-la e fazê-la trilhar o mesmo caminho, até arruiná-la. E sentirá muito prazer nisso.

Não tenho dúvida de que quase todo mundo é capaz de entender esse sentimento de prazer que uma pessoa que não conseguiu ser feliz experimenta ao ver destruída a felicidade de outras pessoas. Muita gente acha que, se não puder ser feliz, pelo menos se sentirá aliviada se existirem outros infelizes como ela, satisfazendo-se em causar infelicidade aos outros.

O Verdadeiro Significado do Treinamento Espiritual na Terra

É Impossível Evitar o Suicídio Quando Não se Conhece a Verdade sobre o Mundo Espiritual

Mesmo depois da morte, algumas pessoas não compreendem que são um ser espiritual, uma alma. Muitas se suicidam imaginando que ao retornarem ao outro mundo sentirão alívio. No entanto, a maioria delas cometeu suicídio porque não acreditava no outro mundo.

Essas pessoas pensam: "Este nosso mundo é cheio de sofrimento, mas, como só existe vida neste mundo, se eu morrer, ficarei livre das minhas dívidas. Os problemas de relacionamento também desaparecerão. O sofrimento de ter sido despedido do emprego também vai sumir. Se eu morrer, todos os meus problemas estarão resolvidos". Então elas pulam de um edifício ou se matam de algum outro jeito, mas leva muito tempo para que esse tipo de pessoa compreenda que é um ser espiritual.

Assim, mesmo depois de ir para o outro mundo, essas pessoas continuam tentando cometer suicídio, saltando de prédios altos. Seus corpos se arrebentam com o impacto no chão e elas sangram pelos ferimentos. O efeito é semelhante a quando saltavam neste mundo: corpos destruídos e sangue por todo lado. "Dessa vez vou conseguir morrer", pensam, mas pouco depois seus corpos se reconstituem e elas voltam ao estado anterior. Então ficam em pé, sobem de novo até o alto do edifício e pulam de novo, várias vezes.

Após um tempo, elas se cansam dessa repetição infindável e voltam ao edifício deste nosso mundo, onde cometeram o primeiro suicídio. Desta vez, procuram alguém que tem vontade de morrer, apoderam-se dele e saltam juntos.

Muitos penhascos à beira-mar são famosos pelo alto número de suicídios que registram. O número é expressivo porque os espíritos daqueles que já cometeram suicídio naquele lugar arrastam outras pessoas para a morte. Eles procuram alguém que esteja vagando, deprimido, preocupado, tomam posse da pessoa e fazem com que sinta as emoções espirituais como se fossem dela, levando-a a cometer suicídio. Assim, os suicidas continuam a aumentar de número, até que se cria um campo espiritual específico naquele lugar, que vira uma espécie de Inferno. É assim que nascem pequenos Infernos em lugares conhecidos pela alta ocorrência de suicídios.

Não conhecer a verdade é realmente assustador. Há pessoas que se suicidam sem saber que existe vida após a morte, e outras que fazem isso acreditando que irão para o Céu. Infelizmente, nenhuma delas será capaz de ir para o Céu.

Quando uma pessoa morre na Terra, sua vida continua no outro mundo. Temos vida eterna. Portanto, se você quer voltar para o mundo celestial depois de morrer, deve viver aqui na Terra com um estado de espírito semelhante ao dos habitantes da dimensão espiritual a que deseja retornar. Este é o requisito para poder voltar para o paraíso.

Vida após a Morte

Se você quer saber se irá ou não para o Céu, é só refletir e verificar se tem o mesmo estado de espírito dos habitantes de lá. Você acha possível que pessoas que se sentiram num beco sem saída e morreram nesse estado de angústia consigam retornar ao Céu? Faça a si mesmo esta pergunta e saberá a resposta.

No Japão, todos os anos mais de trinta mil pessoas cometem suicídio. É algo terrível. Cerca de vinte mil delas são de meia-idade ou idosas. Muitas decidem se matar porque chegaram a uma barreira intransponível em sua vida profissional. É fundamental acabar com esses suicídios, mas sem que as pessoas adquiram um conhecimento da verdade sobre o mundo espiritual, é impossível encontrar solução para este problema.

Se uma pessoa está tentando cometer suicídio, devemos simplesmente orientá-la para que deixe um pouco seu orgulho e sua vaidade de lado, e se conscientize de que a única coisa que restará para levar de volta ao outro mundo depois da morte é o próprio espírito.

Hoje em dia, nos países desenvolvidos é bem pequena a possibilidade de uma pessoa morrer de fome; até mesmo os sem-teto que moram em parques têm diabete. Não importa o quanto sua situação financeira seja difícil, ou o quanto sua reputação ou amor-próprio tenham sido destruídos, sempre é possível recomeçar do zero. Se você acredita que a vida se limita somente a este nosso mundo, então irá achar que o futuro não lhe reserva nada de bom e pode muito bem querer morrer. Mas, se você acredita que a vida continua após a morte, com certeza não cometerá suicídio.

As pessoas que sofrem muito neste mundo vão descobrir que, após a morte, seu sofrimento aumentará dez, cem vezes. Ao contrário, quem desfruta de uma alegria celestial vivendo neste mundo, terá dez, cem vezes mais alegria ao voltar para o outro mundo. Os pensamentos que tínhamos em nossa mente neste mundo são ampliados no outro mundo.

    Se você sofria angustiado neste mundo, após a morte irá para um mundo de sofrimento e sentirá a dor que sofreu neste mundo ser aumentada, a ponto de parecer que é a única coisa que existe. Enquanto vivemos na Terra, podemos sofrer dor por algum tempo, mas há horas em que também experimentamos outras emoções. Se você for para um mundo de sofrimento existente no mundo espiritual, não haverá outra coisa a não ser dor, o tempo todo. Portanto, o suicídio não compensa todo o sofrimento que você irá experimentar mais tarde. Ao nascer neste mundo, você veio sem nada. Nasceu nu, como bebê, e viveu várias décadas desde então. Se aceitar a premissa de que ao morrer só levará consigo o seu espírito, então chegará à conclusão de que precisa abandonar seus apegos e refletir sobre seus pensamentos e ações passadas. Talvez seja impossível reconstruir sua vida totalmente, mas você pode tentar consertar o máximo possível de coisas antes de voltar ao outro mundo.

    Este nosso mundo é um mundo físico, e o treinamento espiritual pelo qual está passando aqui é muito duro, porém cerca de dez vezes mais eficaz do que o treinamento realizado no outro mundo. Portanto, se você passa um ano inteiro no mundo terreno praticando a autorreflexão, descobrirá que isso equivale a dez anos de reflexão no mundo espiritual.

    A fonte de sofrimento aqui na Terra é principalmente o desejo egoísta, ou seja, aquela visão de mundo centrada em si mesmo e nos valores deste mundo. Em outras palavras, o sofrimento é resultado de uma visão centrada apenas neste mundo material e em você. Algumas pessoas acabam fazendo os outros sofrerem ou encurtam a própria vida porque acham difícil demais suportar vivendo do jeito que vivem. Mas o que elas devem fazer, urgentemente, é mudar a maneira de pensar.

Tenho falado aqui sobre ensinamentos simples e fundamentais, do ponto de vista de alguém que tem uma profunda compreensão da Verdade Búdica e espiritual. Gostaria que a maioria das pessoas no mundo tivesse conhecimento pelo menos dessa verdade fundamental.

Você Pode se Tornar um Anjo ou um Demônio, Tudo Depende dos Seus Pensamentos

Gostaria que você também soubesse que os anjos não são apenas aquelas criaturas imaginárias que aparecem nas histórias antigas. Não se trata de seres criados por Deus em tempos imemoriais. Anjos são espíritos que ficam o tempo todo tentando salvar o maior número possível de pessoas e trazer-lhes felicidade durante suas reencarnações, e que também têm a tarefa de guiá-las ao mundo celestial. É importante que você saiba disso.

Originalmente, os anjos eram seres humanos; já experimentaram viver como pessoas. A história humana é mais antiga do que em geral se supõe, e todos os seres que têm sido descritos como anjos ou deuses ao longo dos últimos milhares de anos já viveram originalmente aqui na Terra como seres humanos. Eles guiaram inúmeras pessoas durante sua passagem pelo planeta e continuaram seu trabalho no mundo espiritual. Quero que saiba que você também tem a possibilidade de se tornar um anjo, ou, ao contrário, um demônio.

"Anjos e demônios não foram criados como tais; tornaram-se o que são como resultado da manifestação de seus pensamentos." "As pessoas que estão sempre com raiva e têm no rosto expressões assustadoras se parecem com demônios. Às vezes, dão até a impressão de ter chifres, bocas largas e caninos enormes, e quando voltam ao outro mundo acabam assumindo essa forma.

Se no fundo do coração pensam como um demônio, naturalmente irão assumir essa aparência. Por outro lado, se você tem o coração de um anjo, então assumirá a aparência de um anjo no outro mundo. Você precisa saber que as almas em geral reconhecem em si mesmas uma forma humana, mas têm total liberdade de mudar sua forma e aparência."

Reconsiderando a Nobreza da Humanidade

As pessoas que não valorizam a vida que levam como seres humanos vão descobrir, após a morte, que caíram no Inferno das bestas, um dos reinos do Inferno, onde passarão a viver na forma animal. Se ainda assim não aprenderem sua lição, sua alma pode reencarnar no corpo de um animal e passar por um treinamento de alma na Terra durante um período. Isso é algo que realmente acontece.

Você já imaginou qual deve ser a sensação de viver na Terra por vários anos numa forma diferente da humana, ou seja, como uma vaca, um porco, um cavalo, um cão ou um gato? Talvez você passe a vida resmungando e reclamando, falando mal dos outros, brigando com os parentes, de mal com a sociedade ou com a empresa onde trabalha, ressentido por não ter sido promovido, por ter pouco dinheiro ou não possuir tudo o que deseja. Mas, por favor, pense em como seria viver como um gato de rua por dois anos. Como você veria os humanos através de seus olhos de gato?

Numa situação dessas, com certeza você concluiria que os seres humanos são como reis e rainhas; a vida deles iria lhe parecer tão livre e rica como se todos os humanos fossem nobres. Você compreenderia o quanto deveria se considerar feliz pelo simples fato de ter nascido humano.

Algumas pessoas precisam passar por um treinamento radical como este para poder compreender a dignidade humana. Há casos assim. O corpo espiritual é capaz de se transformar livremente, por isso ele tem condições de assumir a forma de qualquer criatura. Feita esta observação, é bom ressaltar, porém, que como regra geral os espíritos humanos reencarnam como humanos.

Espero que agora você possa reconsiderar a nobreza da humanidade e perceber o sentido do aprimoramento espiritual aqui na Terra. Gostaria que todos entendessem o quanto é importante viver com o conhecimento de que a vida após a morte realmente existe.

Capítulo Dois

O Princípio da Possessão Espiritual

Como se Proteger dos Maus Espíritos

A Ciência Moderna Não Consegue Explicar o Fenômeno da Possessão

No Passado, as Pessoas Sabiam o Que Realmente Significava "Possessão"

Neste capítulo, abordarei os aspectos que envolvem "O Princípio da Possessão Espiritual". Já ensinei várias vezes sobre esse princípio, mas nunca o tratei como tema principal. O ensinamento transmitido pela Happy Science costuma apresentar a realidade da possessão espiritual, por isso nesta oportunidade vou me aprofundar mais em seu significado e mecanismo.

Na língua japonesa, os ideogramas que formam a palavra possessão são bastante complexos e acho que são poucos os japoneses capazes de escrever ou ler esses caracteres. A razão é que não fazem parte do ensino-padrão nas escolas, sendo conhecidos apenas por aqueles que estudaram literatura e assuntos ligados à espiritualidade e à religião.

No passado, o significado da palavra possessão era bem conhecido. Até a Segunda Guerra Mundial, muitas pessoas falavam em possessão espiritual, e essa noção era aceita com naturalidade. Mas a geração que surgiu no período pós-guerra recebeu uma educação escolar e familiar "moderna" que excluiu por completo o uso desse termo, podendo muito bem nunca ter ouvido falar nisso. Hoje, se alguém falar em possessão espiritual, as pessoas estranham ou não compreendem.

A Medicina Moderna Considera a Possessão Como uma Disfunção Cerebral

Com exceção do campo religioso, a única área que lida com a possessão é a psiquiatria, que faz parte medicina. Assim, quando alguém alega "estar possuído por espíritos" ou afirma vê-los ou ouvi-los, as pessoas balançam a cabeça e sugerem que procurem um psiquiatra. Como a possessão espiritual causa problemas psicológicos, de fato, essa atitude não pode ser totalmente refutada.

No entanto, no seu estágio atual, a medicina não é capaz de solucionar cientificamente o fenômeno da possessão. A medicina ocidental aceita a existência desse fenômeno, mas não consegue compreender por que ocorre e é incapaz de explicá-lo do ponto de vista científico ou médico.

A razão é que a medicina baseia-se em pesquisas e estudos do corpo carnal, logo o seu princípio é completamente materialista. A ciência médica com certeza tem uma missão importante na sociedade, mas, ao lidar com o fenômeno da possessão, só consegue pensar nas causas físicas relacionadas ao funcionamento das estruturas cerebrais.

Do ponto de vista psiquiátrico, a possessão também quase sempre é considerada apenas um tipo de disfunção cerebral. Além disso, os médicos acreditam que a mente é uma função do cérebro e que as emoções são efeitos da maneira como ele funciona. Assim, acham que a condição mental da pessoa depende unicamente do estado de seu cérebro; ou seja, se há algo errado com ele, então o funcionamento

O Princípio da Possessão Espiritual

da mente da pessoa também ficará distorcido. Por isso, se alguém diz que é um espírito cujo nome é "fulano de tal", ou que está vendo, ouvindo ou sendo afetado por espíritos, será tratado como paciente psiquiátrico.

Muitas pessoas são mandadas para hospitais psiquiátricos por essa razão, mas essas instituições não conseguem curar verdadeiramente os indivíduos acometidos por possessão espiritual. Elas não têm como curá-los, porque a ciência médica não possui um método espiritual para tratar esse fenômeno. Tudo o que seus profissionais conseguem fazer é receitar remédios para manter a pessoa tranquila ou confiná-la num hospital psiquiátrico, para evitar que entre em choque com os outros ou com o público em geral.

Sinto uma profunda tristeza ao saber que, na ocorrência desses fenômenos espirituais, quando não há alguém próximo que tenha consciência do que está de fato acontecendo, provavelmente a vítima será internada numa instituição para tratamento como se tivesse uma doença mental.

No passado, esses problemas eram tratados nos templos, onde havia monges ou sacerdotes com grande conhecimento e especialistas sobre a verdade espiritual, o Darma. Por praticarem constantemente o aprimoramento espiritual, estudarem e conhecerem o poder das Leis Divinas, esses monges e sacerdotes tinham determinada força espiritual. Assim, quando ocorria algum fenômeno espiritual, logo as pessoas diziam: "Ele está possuído por um mau espírito" ou "um espírito de animal a está possuindo", e a pessoa era levada a um monge ou sacerdote para que ele fizesse orações e o ritual de exorcismo de maus espíritos.

Infelizmente, no ensino escolar atual as questões religiosas ou espirituais foram totalmente "excluídas", e nem são mencionadas. Alegando não ser sua área, simplesmente "excluíram" do ensino a religiosidade e a espiritualidade, mas o que estão fazendo na verdade é "negar os fenômenos espirituais".

Por conseguinte, as pessoas de hoje não têm mais acesso ao conhecimento espiritual; assim, nem sequer são capazes de suspeitar que "alguém esteja possuído" quando ocorrem tais situações. Como não sabem fazer avaliações nesse sentido, mandam a pessoa possuída a um hospital, quando, na realidade, deveriam enviá-la para consultar um médium. Por fim, no hospital, por não terem a menor ideia do que esteja causando o problema, simplesmente consideram isso como uma doença do cérebro e internam a pessoa.

Claro, há situações em que uma pessoa pode ficar perturbada mentalmente em razão de algum dano sofrido em sua estrutura corporal ou cerebral. Nesses casos, o tratamento necessário é no corpo físico. No entanto, muita vezes a causa original é espiritual e o problema reside na alma. Ou seja, a pessoa passa a ver ou ouvir espíritos devido a algum problema espiritual.

Tirando aquelas exceções, afirmações como "Vários espíritos estão vindo me visitar" ou "O espírito de fulano está aqui agora" podem parecer estranhas ao ouvido moderno, mas na realidade são autênticas do ponto de vista do Mundo Verdadeiro[6].

---

6. Em seu livro *Genshi-suru-Kindai-Kukan* ["Espaço Moderno em Alucinações"] (Seikyusha Publishing), Kunimitsu Kawamura explica de que modo, com a ocidentalização do Japão em meados do século 19, os fenômenos espirituais passaram a ser tratados como mera superstição e encarados como resultado de funções mentais ou neurológicas.

Possessão Significa Ser Dominado por um Espírito

O Homem É um Ser Espiritual

Este mundo tridimensional em que vivemos nos dá a impressão de ser um lugar imenso e ilimitado, mas ele só parece grande porque estamos vivendo nele agora. No entanto, olhando a partir da imensidão do mundo espiritual, ele não passa de um pequenino mundo flutuando no espaço do mundo espiritual, este, sim, extremamente vasto.

É possível medir a circunferência e o diâmetro do planeta Terra; mas o mundo espiritual é tão imenso que não há como medir ou avaliar seu tamanho. Ninguém sabe sua dimensão total. Numa parte deste infinito mundo espiritual, há um campo vibracional relacionado à matéria chamado de mundo tridimensional, onde nós humanos vivemos. Esta é a verdade, e as pessoas que não conseguem mudar a maneira de pensar não serão capazes de compreender as verdades espirituais.

Como tenho ensinado repetidas vezes, os humanos são seres espirituais, e esta é sua verdadeira essência. Os seres humanos passam um longo período vivendo no mundo espiritual, e esta é sua verdadeira vida. Nesse ínterim, enquanto vivem como espíritos, o mundo terreno continua se desenvolvendo e passando por várias transformações. Assim, de tempos em tempos, em diferentes eras, os espíritos descem e nascem no mundo terreno. Dessa forma, experimentam viver novos relacionamentos pessoais, em meio às mudanças ambientais e, depois de acumular novas experiências, retornam ao mundo espiritual. Quando isso ocorre, apresentam elevação no grau de iluminação e uma personalidade renovada.

Ao voltar para o mundo espiritual, vivem um período na quarta, quinta e sexta dimensões, mantendo a mesma aparência que assumiram na Terra; mas, com o passar do tempo, sentem que suas experiências terrenas tornaram-se obsoletas, ficando cada vez mais difícil entender as conversas e o jeito daqueles que estão chegando mais recentemente do mundo terreno.

As pessoas do outro mundo geralmente fazem o trabalho de espíritos guardiões, espíritos guias ou espíritos de apoio, a fim de ajudar os habitantes da Terra, mas gradualmente têm dificuldade em compreender e aceitar o que está acontecendo nessa era no planeta. Então, percebem que se aproxima a hora de voltar a este mundo terreno mais uma vez. Assim, renascem aqui para aprender novas maneiras e um novo sentido da vida. É isso o que você está fazendo.

Do Ponto de Vista do Mundo Espiritual, Este Nosso Mundo É um Lugar Muito Inseguro

O mundo espiritual e o nosso estão relacionados da maneira como foi explicado, mas o que se valoriza aqui é muito diferente do que é valorizado no mundo espiritual; em geral, os valores são totalmente contrários. De fato, a vida no mundo espiritual é que é a verdadeira vida, ou a vida principal da alma. No entanto, as pessoas na Terra estão cegas a essa vida espiritual, e talvez usem no máximo 10% de seus verdadeiros sentidos.

Observando este mundo a partir do mundo espiritual ou do corpo espiritual, a vida terrena é como uma viagem por um túnel de uma mina de carvão, situada a milhares de metros de profundidade, e onde você conta apenas com a luz do seu capacete. É desse modo inseguro que a vida aqui é vista nos planos celestiais mais elevados. Embora você conte com a luz, a escuridão permeia a sua volta e não é possível saber direito por onde está andando.

As pessoas neste mundo pensam que seus olhos estão abertos e que elas conseguem ver tudo. Para quem está no mundo espiritual, porém, as pessoas que vivem no mundo material possuem olhos, mas não são capazes de ver. Elas só conseguem ver este mundo da terceira dimensão; portanto, do ponto de vista do Mundo verdadeiro, é como se seus olhos não enxergassem nada.

Vários tipos de animais e insetos não conseguem enxergar as cores; eles veem tudo em preto e branco. Para os espíritos, os que estão encarnados também são assim. Distinguem as coisas muito vagamente, como quem vê em preto e branco as imagens de uma televisão antiga ou fotografias de décadas atrás. Por não conseguir ver a verdade, parecem ser muito vulneráveis.

Para os espíritos guardiões e guias celestiais, viver na Terra é como viajar diversos quilômetros por um túnel subterrâneo completamente escuro, tendo apenas uma pequena luz para iluminar o caminho. Por isso, eles estão sempre preocupados com você, pois essa jornada parece muito perigosa e sujeita a acidentes. Lá de cima da entrada desse longo túnel, eles ficam chamando em voz alta: "Ei, tudo bem com você? A saída é por aqui!" Eles tentam se comunicar conosco gritando desse modo, mas é difícil para as pessoas andar por esses subterrâneos e encontrar a saída sem se perder.

Assim é a vida na Terra. A menos você seja capaz de olhar este mundo por outra perspectiva, não conseguirá enxergar o mundo verdadeiro. O mundo material existe sob um conjunto de condições especiais e extraordinárias. A fim de poder viver nele, onde se depende de comida e de outros objetos materiais, foi concedido um corpo carnal ao ser humano. Do mesmo modo como ocorre com outros animais, a esse corpo foi dado um instinto de sobrevivência. Se a pessoa seguir seus instintos, será capaz de sobreviver, comendo quando tem fome e fazendo conforme seu corpo pede. Os humanos têm instintos para poder enfrentar a vida neste mundo. Só que, enquanto vivem na Terra, muitos acabam se esquecendo do mundo espiritual.

Alguns podem perguntar: Por que esquecemos o mundo espiritual? E pessoas que não acreditam no mundo espiritual, como alguns cientistas, podem questionar: "Por que perdemos a memória do mundo espiritual? O que faz com que esqueçamos? Não acham estranho que isso precise ser assim?". Na verdade, o que aconteceria se as pessoas pudessem ver, ouvir os espíritos e sentir os fenômenos espirituais? Certamente, a vida aqui na terceira dimensão ficaria muito mais difícil.

Os Espíritos Podem se Sobrepor uns aos Outros

O outro mundo é regido por princípios completamente diferentes. Por exemplo, neste mundo você não consegue colocar seus dois punhos no mesmo lugar – um irá bater no outro. Cada punho tem uma existência separada, por-

O Princípio da Possessão Espiritual

tanto eles não podem ocupar o mesmo espaço. Esta é uma das leis da terceira dimensão: aqui é impossível dois objetos ocuparem o mesmo lugar no espaço ao mesmo tempo. Aqui cada coisa existe num determinado lugar. É assim que se relacionam.

Mas no mundo espiritual a lei é distinta: "Diferentes coisas podem existir no mesmo lugar ao mesmo tempo". Isso quer dizer que, se dois espíritos se encontram, embora seus corpos possam simplesmente entrar em contato, eles também conseguem passar um através do outro. Quando um espírito tem consciência do outro, percebe quando passa através dele, mas se sua consciência estiver focalizada em outro ponto, poderá atravessá-lo sem sequer se dar conta disso. Essa é uma ocorrência bastante comum.

Neste nosso mundo é impossível atravessar uma parede, mas os espíritos não têm nenhuma dificuldade em fazer isto. No mundo espiritual, vários entes distintos podem existir no mesmo espaço ao mesmo tempo e se atravessar mutuamente.

O princípio da possessão está relacionado com isso. Embora aqui não seja possível que dois objetos ocupem o mesmo lugar no espaço, quando se trata de espíritos é possível dois ou mais deles se sobreporem.

Dentro do corpo carnal há um corpo espiritual, um pouco maior que o corpo físico. Estes dois corpos constituem um único ser humano vivente na Terra. Mas o que ocorre se outro espírito entrar no corpo físico? Na verdade, além de os espíritos serem capazes de passar por um objeto físico ou empurrar uma pessoa, também conseguem se sobrepor a outros espíritos. É desse modo que um espírito consegue coexistir com outro no corpo de uma pessoa.

A Possessão É um Estado no Qual um Espírito Influencia uma Pessoa na Terra

Em termos acadêmicos, a palavra possessão refere-se principalmente a um fenômeno que é visível aos olhos humanos. Muitos explicam isso como fenômenos visuais. Com certeza você já deve ter ouvido falar de xamãs que invocam os "espíritos" e as forças da natureza. Eles vivem nas regiões das selvas tropicais ou subtropicais. São pessoas ligadas ao sagrado que realizam sessões de contato espiritual, entram em transe e atuam como oráculos, transformando-se em personalidades diferentes. Eles dançam, cantam e de repente começam a falar, e sua comunhão com o mundo espiritual às vezes dura até uma ou duas horas.

Durante esse período, os espíritos ancestrais podem entrar no corpo do xamã ou algum dos seus "deuses" pode falar por intermédio dele, como um oráculo, ou um transe frenético, colocando-o em um estado alterado de consciência. As pessoas que assistem sabem dizer na hora quando o xamã entra nesse estado. Quando o trabalho com um espírito se expressa de uma maneira violenta, usando o corpo de uma pessoa de modo visível aos outros, costuma-se dizer que há o "fenômeno da possessão".

Desde tempos muito antigos, fenômenos similares têm sido observados também no Japão. Por exemplo, no xintoísmo, os sacerdotes ou sacerdotisas agitam um bastão de exorcismo decorado com tiras de papel e invocam os espíritos; estes vêm até eles e tomam posse do seu corpo, fazendo-os tremer descontroladamente.

Outro exemplo pode ser encontrado no vodu, que é muito malvisto como uma religião pagã. Esse culto reli-

O Princípio da Possessão Espiritual

gioso de raízes africanas é popular no Haiti e se tornou a fé dominante naquela região. No vodu, os espíritos também são invocados por seus seguidores e, durante as celebrações festivas, inúmeras pessoas são possuídas e seus corpos ficam controlados por forças externas.

Este fenômeno pode ser observado com frequência em locais onde as religiões estão estabelecidas desde tempos muito antigos, como a África, a Indonésia e a América do Sul, entre outros. Também é um fato central nas culturas dos nativos indígenas da América do Norte. Cada tribo tem seu xamã ou pajé capaz de invocar e receber os espíritos.

Esse indivíduo com frequência detém o posto de chefe, ou tem a missão de ouvir as preocupações das pessoas, orientá-las e curar suas doenças. Acredita-se que antigamente os sacerdotes e sacerdotisas xintoístas também tinham papel similar. Portanto, essa função de médium existe há muitos séculos. Todo mundo provavelmente já conhece ou ouviu falar desse tipo de possessão espiritual. Em geral, a possessão é entendida como um fenômeno espiritual pelo qual várias pessoas reunidas podem ver um espírito tomar posse de um corpo e expressar-se por meio dele.

No entanto, para mim a possessão tem um sentido muito mais amplo, e não se refere somente aos tipos de possessão que todos podem ver e entender. Classifico como possessão o estado no qual um ser do mundo espiritual habita uma pessoa continuamente (mesmo que seja por um período de tempo limitado) e influencia seus pensamentos e ações. Embora esse termo dê uma forte ideia de que um corpo foi tomado à força por um espírito maligno ou errante, há casos em que "deuses" entram no corpo de uma pessoa. Por isso, a possessão refere-se à condição de ser possuído por um espírito, independentemente de ele ser bom ou mau.

O fenômeno da possessão não se restringe ao estado de transe, como aquele experimentado por médiuns, por exemplo, que recebem sobre si um espírito que toma posse de seu corpo. Ocorre também com pessoas que vivem sua vida normalmente, mas são afetadas de modo constante por algum espírito em particular. De modo geral, os espíritos do outro mundo podem ser classificados como aqueles que vivem nas dimensões celestiais e os que vivem nos mundos infernais. Ou seja: o espírito que influencia uma pessoa pode ser bom ou mau. Embora a palavra possessão não seja muito usada nesse sentido, ela também pode se referir ao estado em que a pessoa recebe continuamente orientação de seu espírito guardião. Apesar de não ser bem um caso de possessão, está muito relacionado com ela.

Os espíritos do Inferno não conseguem passar o tempo todo possuindo as pessoas da Terra. Eles vêm para cá quando alguém está em condições propícias para ser possuído, mas se isso não ocorre mais, os espíritos não têm como ficar por aqui. Depois que abandonam uma pessoa na Terra, esses maus espíritos retornam ao seu "domicílio" no Inferno, o lugar onde é mais apropriado que fiquem.

O Inferno está dividido em vários domínios, como o Inferno dos Espíritos Famintos, o Inferno das Bestas, o Inferno da Luxúria, o Inferno da Discórdia (Reino de Asura), umbrais e assim por diante, e a maioria dos espíritos volta para aquela área particular à qual pertence. No entanto, quando uma pessoa na Terra emite pensamentos negativos, os espíritos conseguem se sintonizar com ela e possuí-la, passando a sussurrar palavras em seu ouvido.

Por sua vez, os espíritos do mundo celestial têm suas próprias tarefas no outro mundo. Por exemplo, os espíritos guardiões, além de cuidar das pessoas que vivem na Terra, também têm um trabalho específico e sua vida própria no outro mundo, por isso costumam vir para cá somente quando sentem que sua orientação é necessária. Assim, embora os espíritos possam ficar aqui por certo tempo, em geral acabam retornando ao seu mundo depois disso. Ou seja, há períodos em que os espíritos estão possuindo alguém, e outros em que isso não ocorre.

Sobreposição de Espíritos Obsessores – Efeito Sombra

A possessão ocorre quando um espírito vem até o corpo de uma pessoa e influencia a alma que habita nela. Quando há dois espíritos sobrepostos influenciando a pessoa, isso é chamado de "efeito sombra". A possessão funciona de fato como uma sombra, com o espírito pairando acima da alma. Por isso é chamada também de "efeito sombra".

Se as tendências da alma da pessoa possuída e do espírito obsessor são muito semelhantes, os dois podem permanecer sobrepostos. Às vezes, coexistem até três espíritos num único corpo.

Os membros da Happy Science que costumam assistir aos vídeos das palestras que eu ministro nos nossos templos podem, às vezes, perceber luzes que brilham repentinamente como um *flash* em volta da minha cabeça. É uma espécie de aura dourada, com cerca de dez a quinze centímetros de largura, que resplandece à minha volta. Ela não brilha continuamente, mas é vista quase sempre como *flashes* ocasionais enquanto estou falando. Outras vezes, pode ser visto um disco de luz dourada, como se fosse uma bandeja de ouro, que aparece do meu lado, ou uma coluna de luz, que desce e paira sobre a minha cabeça.

Certamente muitas pessoas já tiveram essa experiência ao assistir às minhas palestras. Se observarem bem, verão que surgem *flashes* repentinos de luz dourada. Essa luz dourada é chamada de "halo" e aparece quando um espírito guia elevado desce e se sobrepõe ao meu corpo espiritual. Quando aparece uma coluna de luz dourada subindo a partir de minha cabeça, significa que um raio de luz desceu do mundo celestial e está me envolvendo. É assim que a luz que desce até mim pode ser vista.

Enfim, dois ou três corpos espirituais podem coexistir no mesmo espaço, cada um adicionando força aos outros espíritos.

O Princípio da Possessão Espiritual

3

A Possessão Ocorre Quando Há Sintonia

A Lei da Sintonia de Vibrações

Gostaria de explicar melhor como ocorre a possessão. Uma das leis que não posso deixar de mencionar é a "Lei da Sintonia de Vibrações". Usamos bastante esta expressão na Happy Science e desejo que todos possam compreendê-la bem.

Enquanto vivemos na Terra, somos um ser tridimensional com um espírito confinado em um corpo físico pertencente a este mundo. Mas o espírito é o coração da sua alma, é a sua mente propriamente dita, e está sempre conectado ao mundo que existe além deste nosso.

Esse coração espiritual, ou sua mente, pode ser descrito como um ímã, e as frequências que transmite, isto é, as ondas de vibrações mentais, estão num estado permanente de intercâmbio com as energias do mundo espiritual – influenciando-se mutuamente. É desse modo que a mente se conecta ao mundo espiritual.

A chave para entender a possessão espiritual é a mente. Pergunte-se: o que o ímã de sua mente está atraindo? Se você quer saber, por exemplo, que tipo de espírito o está possuindo no momento ou tem probabilidade de chegar a você, basta examinar o que se passa em sua mente. Na maioria das vezes, você estará em contato com espíritos que compartilham o mesmo tipo de pensamento que ocupa sua mente, isto é, a mesma sintonia de vibração mental.

Esta Lei da Sintonia de Vibrações é bastante difícil de compreender, mas, depois que você adquire experiência prática, é fácil dizer quais espíritos o estão influenciando. Muitas vezes eu explico que esta lei funciona como a mudança de canal numa televisão.

As estações de televisão colocam vários programas no ar, mas se o aparelho de tevê não estiver sintonizado neles, a imagem não aparecerá; ela só aparece bem clara quando o aparelho está devidamente sintonizado naquele canal. O mesmo acontece com o rádio. Se estiver bem sintonizado, na frequência de onda correta, você ouvirá o programa de FM que deseja; mas, se as frequências não forem as mesmas, não será possível ouvir nada.

A mente também funciona assim. Os seres que vivem no mundo celestial e no mundo infernal emitem vários tipos de "frequências de ondas", mas, se as pessoas na Terra não se sintonizam com elas, não ocorre a conexão.

Nos Estados Unidos há um instituto chamado SETI (*Search for Extraterrestrial Intelligence* ou "Busca de Inteligência Extraterrestre"), que rastreia todos os sinais eletromagnéticos captados por radiotelescópios, com a intenção de descobrir sinais que tenham sido produzidos artificialmente. Este instituto investiga esses sinais há décadas. O número de sinais que chegam o tempo todo do espaço é muito grande, e é difícil concluir quais deles podem ter sido produzidos por vida inteligente. Mesmo assim, em anos recentes foi publicado um pequeno artigo informando que os pesquisadores conseguiram detectar sinais desse tipo.

De maneira semelhante, muitos seres do mundo espiritual estão enviando uma grande quantidade de mensagens em diferentes frequências. Quando a frequência de onda é compatível com a de alguém na Terra, o espírito e o ser humano entram em sintonia. Assim, a mente de um espírito pode se conectar desse modo ou pode vir a se manifestar na Terra dessa forma, quando for necessário.

Se Você Souber o Nome do Espírito, É Possível Contatá-lo

O mundo espiritual é tão vasto que, depois que morrer e voltar para lá, no início não será muito fácil encontrar as pessoas. Ele é tão imenso que fica difícil localizar alguém. Você não tem como saber se a pessoa que deseja encontrar está em dimensões acima de você, abaixo, longe ou perto.

Então, o que fazer para entrar em contato com alguém que você deseja encontrar no mundo espiritual? Bem, sem dúvida as ondas mentais e o estado do seu coração exercem uma atração mútua, e vão levando você para mundos, lugares ou encontros com espíritos com os quais você está em sintonia de vibração. Isto é, a sintonia mental irá levá-lo para lugares que combinem com sua frequência e estado mental. Além disso, se "você teve amizade com alguém", "conhece uma pessoa" e "lembra o seu nome", tudo o que precisa fazer é chamá-la pelo nome e irá se conectar imediatamente a ela.

A mesma regra vale para quando uma pessoa deste mundo deseja entrar em contato com um habitante do mundo espiritual. Se você não souber o nome do espírito, então será muito difícil chegar até ele. Por isso, quando os espíritos revelam seu nome às pessoas na Terra, passam a captar muitos pensamentos dessas pessoas. Assim, em geral, eles preferem não revelar seu verdadeiro nome.

Nas mensagens espirituais que recebo, têm surgido muitas divindades e "deuses" que orientam diversas religiões aqui na Terra; quase sempre procuram manter sua identidade em segredo e fornecem outro nome, mas não necessariamente porque tenham intenção de ludibriar os outros. Assim, de acordo com as Leis do Mundo Espiritual, qualquer um que souber exatamente o nome de alguém consegue iniciar um contato, podendo criar problemas até mesmo para o espírito. É semelhante ao que ocorre aqui no mundo terreno, em que você pode contatar qualquer pessoa se souber o número do telefone dela.

Os espíritos procuram evitar contato com pessoas que não foram devidamente autorizadas, pois não querem que qualquer um seja capaz de se conectar com eles. Assim, quase todos os deuses, sejam eles da religião xintoísta ou de qualquer outra, preferem manter sua identidade oculta. Às vezes, concordam em guiar alguém revelando o verdadeiro nome, mas em muitos casos usam um nome diferente. Em geral, também não revelam sua imagem verdadeira, mantendo-se em segredo e tornando a comunicação impossível. É assim que as coisas funcionam.

Por isso, se você tem algum tipo de ligação com um espírito, se "sua mente emitir a mesma frequência que a deles", se você "os conhecer" ou "souber o nome deles", somente nesses casos será capaz de se sintonizar com eles. Esta é a "Lei da Conexão Espiritual". Se você não tiver nenhuma ligação com o espírito, não conseguirá se comunicar com ele.

O Princípio da Possessão Espiritual

Locais Que Estão Ligados ao Mundo Espiritual

Certamente existem lugares que estão ligados ao mundo espiritual. Uma conexão espiritual pode ser realizada quando se vai a um templo ou visitar um túmulo etc. Assim, se houver uma ligação com esse lugar, será possível se conectar ao mundo espiritual.

O mundo espiritual é um lugar vastíssimo e, como mencionei, se você quer entrar em contato com determinado espírito, precisa sintonizar-se na mesma frequência que a dele ou conhecer esse espírito. É como na Terra, onde você pode facilmente se comunicar com alguém se souber seu número de telefone. Se você consegue identificar o espírito, é capaz de chegar até ele.

No entanto, na Terra muitos lugares têm ligações com determinados espíritos, e basta ir até lá para entrar em contato com eles. Por exemplo, a ilha de Shikoku, no Japão, possui um circuito de 88 templos por onde as pessoas fazem peregrinação. Alguns deles abrigam em sua área central uma imagem sagrada, para onde as pessoas se voltam e direcionam suas orações. Por isso, tais lugares são pontos de conexão com o mundo espiritual. Em outras palavras, são como centrais telefônicas que se conectam ao mundo celestial.

Se a pessoa possuir capacidade mediúnica, não precisa visitar esses lugares para se comunicar com os seres do mundo espiritual, mas os templos e locais sagrados funcionam como pontos de comunicação que os espíritos utilizam para expressar sua vontade e fornecer mensagens com maior facilidade para as pessoas deste mundo.

Os templos muitas vezes são usados para casamentos. Nos templos xintoístas, quando as cerimônias são realizadas e os sacerdotes entoam as orações, os deuses que abençoam o enlace matrimonial realmente descem para celebrar a união do casal, e as pessoas com mediunidade conseguem sentir mais intensamente a presença desses seres espirituais. Esta é a verdadeira essência do trabalho religioso. O mesmo pode ser dito dos casamentos cristãos. No momento da cerimônia, os anjos ligados ao cristianismo também descem para abençoar o casal. Sempre que um tipo de serviço religioso é realizado, os espíritos relacionados geralmente comparecem.

Os seres espirituais costumam descer até esses lugares especiais que estão relacionados com eles, onde há campos vibracionais espirituais apropriados. Por isso, é comum a ocorrência do fenômeno da possessão durante as cerimônias religiosas. Quando há festividades religiosas, nas quais se espera que muitas pessoas venham celebrar e dançar, por exemplo, no mundo espiritual a informação é compartilhada com outros espíritos, como se fossem emitidos convites, tornando-se uma oportunidade para que os espíritos dos antepassados, os "deuses" e anjos relacionados desçam para visitar as pessoas.

Em geral, os espíritos estão muito ocupados com suas tarefas no Mundo Verdadeiro e não vêm à Terra com facilidade, mas eles comparecem a estas festividades religiosas. Nessas ocasiões, são comuns os casos de possessão divina, e podemos ver pessoas agindo fanaticamente.

Os Fenômenos Causados por Espíritos Errantes São Comuns em Falsas Religiões

Até aqui vimos que a possessão ocorre com facilidade quando a pessoa está na mesma frequência do espírito, sabe o nome ou a aparência dele ou quando se encontra com ele num

O Princípio da Possessão Espiritual

local especial. Com relação a esta última situação, de acordo com a influência do local, é comum a possessão ocorrer dentro de uma organização religiosa.

Há um número excessivo de religiões neste mundo e, certamente, algumas estão ligadas ao mundo celestial e outras ao do inferno. Por isso, muitas pessoas não sabem ao certo em qual religião acreditar. A escolha acaba se tornando algo semelhante a apostar na loteria. Se ela escolher uma religião falsa, é bem provável que caia sob a influência de espíritos malignos.

Muitas religiões falsas, grupos religiosos ou espiritualistas nos quais ocorrem fenômenos espirituais estão inconscientemente sendo influenciados pelo mal. Nesse caso, quem frequenta um grupo desses, mesmo que não tenha tendência a ser possuído por maus espíritos, pode acabar vivendo essa experiência. Certas seitas abrigam vários tipos de espíritos mal-intencionados, e ao frequentá-las e se aprofundarem na prática de sua doutrina, as pessoas estabelecem uma relação com esses espíritos e acabam sendo possuídas ou influenciadas por eles.

Os grupos religiosos e espiritualistas que dão ênfase à ocorrência de fenômenos espirituais atraem muitos espíritos perdidos, inclusive espíritos humanos, de animais e outros. Isso pode ser muito perigoso, portanto, é melhor não se envolver com esses grupos guiados por "deuses" amaldiçoados se quiser evitar problemas e sofrimentos.

Certos grupos espiritualistas tentam propor uma nova religião, que nem sempre é vista como má pelo público em geral; por isso, eles conseguem algumas centenas ou até milhares de seguidores. Mas é possível compreender a frequência das pessoas nesses grupos: elas experimentaram algum tipo de fenômeno espiritual e acham que isso é uma prova válida da verdade espiritual desse grupo.

Durante as reuniões de trabalho conjunto, podem ocorrer fenômenos espirituais. Um grande número de pessoas se reúne para recitar mantras, ler sutras, rezar ou meditar, o que causa fenômenos espirituais de movimento físico, levando seus corpos a se moverem sem vontade própria. Algumas pessoas sentem as mãos se mexerem sem controle, o corpo rodopiar, tremer e balançar para frente e para trás, debatendo-se freneticamente. Ao experimentar esse tipo de influência espiritual, os devotos se sentem até gratos e passam a acreditar que se trata de uma prova de que aquela religião é verdadeira e, infelizmente, não conseguem mais se afastar do grupo.

Aqui na Terra, as pessoas são tão mal-informadas sobre questões espirituais que, quando veem um fenômeno espiritual, muitas logo imaginam que se trata da intervenção do poder de Deus ou de Buda. No entanto, as formas mais comuns de fenômenos experimentadas neste mundo terreno são causadas por espíritos que não conseguiram retornar ao mundo celestial; eles permanecem espreitando por aqui, e são sempre os primeiros a vir abordar as pessoas.

Quando um espírito desce sobre uma pessoa que não pratica o aperfeiçoamento espiritual nem mantém o coração em boas condições, o mais provável é que se trate de uma entidade que não conseguiu ascender ao mundo celestial. Se dentro de um grupo espiritualista ou religioso esses fenômenos são muito frequentes, podemos afirmar que eles estão sob a influência de espíritos malignos. Uma pessoa que se dedica com seriedade ao aperfeiçoamento espiritual e religioso pode receber bons espíritos, mas o

O Princípio da Possessão Espiritual

mesmo não se pode dizer de um grupo com diferentes tipos de pessoas no qual os fenômenos espirituais ocorrem de modo corriqueiro.

Nesse caso, trata-se mais de espíritos perdidos que, por desejarem ser salvos, vêm visitar essas reuniões. Da mesma forma como as pessoas aderem a um grupo religioso em busca de respostas para sua salvação, isso também ocorre com os espíritos errantes. Quando eles encontram um grupo de pessoas em atitude de adoração, logo se apoderam de algumas delas. Ao ser possuído por um espírito, o seguidor pensa que Deus desceu até ele e então se sente agradecido. Por outro lado, o espírito possessor sente-se respeitado ou reverenciado, e imagina que foi salvo. Assim, o possessor se sente muito bem, achando que está trazendo um grande benefício à pessoa, e esta imagina que agora não é mais uma pessoa comum, que de certo modo tornou-se sobre-humana. Ambos ficam muito contentes, e concluem equivocadamente que foram salvos.

Também há casos em que, depois que uma pessoa se junta a um grupo religioso desse tipo, o espírito que a possuía primeiro é expulso por um novo espírito que entra nela. Como resultado, a pessoa pode de uma hora para outra experimentar a cura de alguma doença. Talvez o primeiro espírito que a possuiu estivesse provocando uma doença nela, e quando um segundo espírito mais forte expulsa o primeiro, pode ocorrer a cura da doença. Nessas situações, infelizmente, a pessoa passa a acreditar mais ainda na falsa religião. Assim fica claro como até mesmo esses grupos do mal às vezes são capazes de realizar a cura de doenças.

Os Apegos Atraem Espíritos do Inferno

Espíritos de Animais se Conectam Pelos Pontos de Energia Vital do Corpo

Quando uma pessoa fica doente, assim como o corpo físico foi afetado, a parte correspondente do corpo espiritual também se encontra afetada. De acordo com a medicina oriental, há vários pontos no corpo humano por onde flui a energia vital, que estão localizados em áreas como cabeça, pescoço, ombros, costas, região lombar, pernas e assim por diante, e são normalmente usados em massagem, acupuntura, moxa etc. É nas proximidades desses pontos de energia vital que alguns espíritos podem ficam conectados.

Assim, a possessão pode se dar por esses pontos no corpo físico onde o espírito consegue se conectar. Por exemplo, quando a circulação sanguínea da pessoa está alterada e congestionada em determinada área, alguns espíritos são capazes de se fixar a ela. Ali surge a fadiga ou dor, e examinando-se o local do ponto de vista espiritual, pode-se ver o surgimento de sombras escuras. É nesse ponto que o espírito consegue se fixar.

Por exemplo, pessoas que sofrem de reumatismo, que se queixam de ter "os pés sempre frios", muitas vezes estão com espíritos de cobras enrolados fortemente em suas pernas. Outro caso é quando uma pessoa sofre de "dor de cabeça

O Princípio da Possessão Espiritual

crônica"; ela pode estar sofrendo de possessão pelo espírito de um animal localizado em sua cabeça. Quando olhamos com visão espiritual, temos a impressão de que a pessoa está com uma faixa amarrada em volta da cabeça, mas, examinando com mais cuidado, percebemos que se trata do espírito de uma cobra enrolado ali. Também há casos em que espíritos de animais semelhantes a uma raposa estão agarrados à cabeça da pessoa com as patas dianteiras. Se a pessoa reclama muito de dor de cabeça, talvez esteja com o espírito de um animal montado em cima dela e pressionando-lhe a cabeça.

Outras pessoas sentem "dores constantes nos ombros ou no pescoço". Isso pode ser devido ao espírito de um animal montado em cima da pessoa. O mesmo pode ocorrer com dores nos quadris. Assim, os espíritos podem possuir diferentes partes do corpo humano.

Que Tipo de Mente é Vulnerável à Possessão?

Então, por que um espírito consegue possuir o corpo nesses pontos vitais? É claro que, quando você está possuído, uma parte de seu corpo espiritual também está afetada, mas a verdadeira razão desse problema no corpo espiritual tem origem na sua própria mente, no seu coração.

Segundo a Lei da Sintonia de Vibrações, há sempre uma razão para um espírito se apossar de um corpo. Ele não consegue obsediar uma pessoa se não tiver um motivo para isso. Para que isso ocorra, é necessário que o possessor e o possuído tenham a mesma sintonia mental, isto é, tenham a mesma qualidade de vibração mental.

Mas que tipo de mente um espírito tende a possuir? Saiba que o Inferno é um lugar escuro e pantanoso, onde a luz brilhante do Sol Espiritual que existe no mundo celestial não consegue chegar. No Céu, ao contrário, é sempre de dia, pois o Sol Espiritual brilha sem cessar. Os espíritos que habitam o mundo celestial vivem graças à energia dessa luz.

Já o Inferno está sempre encoberto por densas nuvens escuras, formadas por maus pensamentos criados pelos habitantes do mundo terreno e do mundo infernal. Por mais que a luz brilhe intensamente, não consegue atravessá-las. Dessa forma, as nuvens dos maus pensamentos se espalham e bloqueiam a luz, deixando tudo embaixo delas na escuridão. Simbolicamente, o Inferno é como uma caverna subterrânea situada sob uma montanha de pedras. A luz não consegue alcançar esse lugar, porque ali é o inferno.

Então, que tipo de mente é esta na qual a luz não consegue entrar? É aquele tipo de "mente que prefere bloquear a luz" e, para fazer isso, reage criando densas nuvens. Então, que tipo de mente é esta que se opõe à luz? Entre as pessoas vivas, é aquele tipo de mente que fica preenchida por preocupações e dificuldades. Essas preocupações e medos fazem a mente entrar num estado sombrio e negativo.

Durante sua vida terrena, é impossível para qualquer pessoa evitar completamente as preocupações. Isso é normal. Todo mundo passa por problemas e tem preocupações. Por isso, será melhor que você use suas habilidades para tentar resolvê-los. Caso contrário, sua mente ficará presa a esse ponto, e você não será capaz de parar de pensar no problema.

Quando essa condição perdura, ou seja, quando seus pensamentos continuam fixos num problema, é como se você lançasse uma corda "mental" para os espíritos que estão no Inferno. Eles vão olhar para a corda e pensar: "O que significa esta corda na minha frente? Deve ser alguém querendo que eu suba por ela". Então, irão agarrá-la e começar a subir, e conseguirão chegar à pessoa que está com essas preocupações, como se quisessem oferecer ajuda. Por isso, aqueles que ficam muito tempo preocupados com um problema, provavelmente serão visitados por espíritos do Inferno.

Os Espíritos de Suicidas Vêm até as Pessoas Que Pensam em se Matar

Recentemente, temos visto um aumento no número de suicídios. Em particular, cresceu o número de empresários que diante da falência de seus negócios "não foram capazes de se recuperar, por mais que tentassem", "não conseguiram montar um novo empreendimento" ou "não tiveram o apoio de bancos" e por esse motivo acabaram tirando a própria vida. Houve até o caso, no Japão, de "um homem que se demitiu de um grande banco e foi trabalhar num outro envolvido em vários problemas; por ser o diretor geral, ao se ver incapaz de superar as dificuldades enfrentadas pelo banco, acabou se enforcando".

Tenho certeza de que não eram más pessoas, mas "suas preocupações acabaram voltadas demais para um só problema, que elas não conseguiram solucionar". Quando isso ocorre, o excesso de preocupação emana vibrações de sofrimento que atraem espíritos com a mesma frequência de onda mental. Ou seja, os maus espíritos que vibram nessa mesma sintonia encontram a maneira de se conectar à pessoa.

Quando um empresário pensa em tirar a própria vida, os espíritos de outros semelhantes que já cometeram suicídio se aproximam dele. Há empresários que morreram há um ano, dois, dez ou até mais de vinte anos e ainda estão sofrendo no Inferno, além de outros que nem foram para o Inferno, pois ficaram apegados e assombrando as pessoas de sua antiga empresa ou da casa em que moravam. Tais espíritos entram em sintonia com as pessoas que estão sofrendo em situações similares à deles e passam a influenciá-las.

Muitos espíritos acham que estão consolando e dando apoio a "alguém que sofre dos mesmos problemas ou doenças pelos quais eles passaram", mas na realidade não estão ajudando, e acabam arrastando a pessoa com eles para o outro mundo. Objetivamente, tais espíritos estão arrastando os vivos para o mesmo "lamaçal" ao qual estão presos, pois desejam aumentar o número dos que se solidarizam com o sofrimento deles.

Esses espíritos não costumam fazer isso intencionalmente ou por perversidade, mas porque estão totalmente desorientados. No entanto, ao se conectarem com uma pessoa, transmitem emoções que intensificam sua tristeza e preocupação, causando ainda mais angústia e confusão. No final, "fazem com que a pessoa perca toda a esperança no futuro e escolha tirar a própria vida".

A Religião Ensina a Superar Preocupações e Sofrimentos

Todo mundo experimenta preocupações e sofrimentos na vida, e desde tempos remotos a religião ensina a superar isso. Se as preocupações e sofrimentos se estendem por um período muito grande, acabam virando um apego do qual é impossível fugir. Mantidas por muito tempo, as preocupações se tornam perigosas. Portanto, você deve abandonar esses apegos e libertar a mente dessas preocupações.

O Princípio da Possessão Espiritual

Uma forma de superá-las é fazer orações ou preces nos templos, dirigidas para Deus ou Buda, e praticar a autorreflexão. Tente compreender o ensinamento búdico da "impermanência", segundo o qual tudo o que pertence a este mundo, "tudo o que tem uma forma física, acaba se extinguindo". Sua casa um dia acabará sendo demolida e você será separado de seus entes queridos. Seus pensamentos talvez se concentrem hoje na sua empresa ou no seu trabalho, mas mesmo isso um dia vai se extinguir. É muito importante despertar para a compreensão de que todas as coisas deste mundo vão se transformando, pois são impermanentes.

Embora isso possa parecer uma visão pessimista, o princípio da impermanência ensina que é preciso se livrar do desejo de fama, das ambições egoísticas de querer expandir seu negócio e de todos os demais apegos terrenos. Fazendo isso, você se sentirá um pouco aliviado, e os espíritos que o estiverem possuindo irão embora. Pare de adotar linhas de pensamento que aumentam as suas preocupações.

Outro recurso é adotar o pensamento iluminador, ou seja, pensar positivamente para tornar seu coração mais leve e cortar a sintonia com maus espíritos. As religiões usam abordagens diferentes para ajudar as pessoas.

Em resumo, se você se prender às suas preocupações por muito tempo, acabará entrando em sintonia com maus espíritos e atraindo-os. Maus espíritos que tenham um estado mental semelhante ao seu se aproximarão e tomarão posse de você. Por exemplo, se você está sofrendo com um problema nos negócios ou no trabalho, pode acabar atraindo um espírito similar já falecido que virá se juntar a você para compartilhar suas preocupações e sofrimentos, acreditando que pertencem à mesma empresa.

5
Infelicidade Causada por Espíritos Que Não Conseguem Voltar para o Céu

Há Espíritos Que Não Percebem Que Já Morreram

Atualmente, muitas pessoas morrem nas alas de câncer dos hospitais. Fico imaginando se essas instalações são boas ou más, porque as pessoas que morreram ali e foram incapazes de voltar para o mundo celestial provavelmente acabam permanecendo nelas. Tenho certeza de que nesses edifícios há muitos espíritos nessa situação.

Cada vez que um novo paciente é internado, esses espíritos iludidos pensam: "Ah, chegou um novo hóspede", e então se unem ao paciente e revivem a experiência da morte com ele. Desse modo, repetem o ciclo de possessão e morte indefinidamente.

Acredito que algumas alas de hospitais já viraram uma espécie de Inferno. Os espíritos que ali habitam não sabem como se libertar por si sós desse ciclo de sofrimento. Vivem na ignorância, sem saber que "o outro mundo existe e que ele tem regras lógicas", e então ficam apegados a um corpo carnal neste mundo, insistindo que não desejam "morrer".

São pessoas que já faleceram e não têm mais corpo físico, mas não conseguem entender isso. Como na escola

O Princípio da Possessão Espiritual

não lhes foi ensinado nada sobre a vida após a morte, não são capazes de imaginar como é o processo, a menos que tenham estudado religião. Acreditam, portanto, que "pelo fato de terem consciência, ainda estão vivas".

Além disso, como ainda conseguem ver a ala do hospital, "pensam que ainda estão internadas sob os cuidados da instituição". Não têm noção de que estão mortas; acreditam que são pacientes e "ficam irritadas ao serem ignoradas por médicos e enfermeiras" e ver que "há um novo paciente na sua cama". Esta é uma situação muito triste, pois esses espíritos acabam partilhando esse sentimento com as pessoas vivas.

É Importante Seguir uma Religião Correta

Se a pessoa mudar seu estado mental, conseguirá se livrar dos espíritos que a estavam obsediando. No entanto, muitos espíritos não conseguem voltar ao mundo celestial após a morte, por isso os casos de obsessão continuam a ocorrer neste planeta. E como muitas religiões vêm perdendo poder, isso acaba se tornando um problema grave, pois está aumentando o número de pessoas que não têm compreensão da Verdade.

Diferentes tipos de pessoas morrem nos hospitais. Por exemplo, há pessoas ricas e pobres, com boa bagagem educacional ou pouca instrução, de alto nível social ou bem simples. Na morte, porém, todos são iguais e tratados do mesmo modo. Ninguém recebe tratamento especial, e a salvação não vem enquanto a pessoa não tiver atingido certo nível de iluminação.

O primeiro nível de iluminação é compreender que "os seres humanos não são corpos físicos: são essencialmente seres espirituais". Cerca de 70% das pessoas não conseguem alcançar esse primeiro nível. Algumas têm uma vaga compreensão ou acreditam um pouco nisso, mas poucas estão "profundamente convencidas, sentindo que se aplica realmente a elas". Isso é um problema grave.

 Assim, é muito importante que você "acredite e se dedique em vida a uma religião correta", que transmita ensinamentos capazes de libertá-lo rapidamente após a morte. Claro, alguns espíritos que dão orientação após a morte virão até você e o ajudarão no outro mundo. Tudo o que precisará fazer ao voltar para o outro mundo é trocar os hábitos que tinha em sua vida no mundo físico por outros adequados a um ser espiritual. Essa mudança de postura mental pode ser um pouco difícil.

Alguns Espíritos Causam Problema à Família Após uma Morte Inesperada

Pessoas que morrem de forma inesperada e não têm conhecimento espiritual ou algum grau de sabedoria enfrentam dificuldades ao partir para o outro mundo. Quando uma pessoa morre por doença, já está mais ou menos consciente ou preparado para a própria morte, mas quem morre de repente, em um acidente de trânsito, por exemplo, acha muito difícil aceitar a morte.

 Em geral, essas pessoas esperavam viver bastante, talvez tivessem carreira e família, e sentem dificuldade em se livrar do apego à vida terrena. É natural que fiquem preocupadas com os filhos, o esposo ou a esposa, ou com o próprio negócio. Assim, mesmo que orientadas a aban-

O Princípio da Possessão Espiritual

donar essas preocupações, não conseguem. A mente delas ainda está concentrada nesses problemas, por isso acabam voltando para casa. Na maioria dos casos, os espíritos dos mortos continuam vivendo na mesma casa, com o cônjuge e os filhos. Sua intenção é resolver a situação e não percebem que sua presença na realidade acaba afetando negativamente a família. Ficam preocupadas com o cônjuge, filhos ou netos, mas o fato é que continuam apegadas a este mundo e acabam obsediando os membros da família. Seus espíritos não têm para onde ir, não sabem como voltar para o outro mundo e não querem permanecer para sempre no túmulo.

Quando uma pessoa é obsediada por um espírito que não conseguiu voltar para o mundo celestial, ela sente o corpo pesado e um pouco de mal-estar. Suas preocupações aumentam, ela fica sempre pensando no mesmo problema e não consegue ter um ânimo positivo. Os espíritos que não sabem como voltar para o Céu talvez não tenham intenção de prejudicar, mas mesmo assim causam problemas aos que ficaram aqui na Terra.

Além disso, alguns espíritos nem sequer têm consciência de que estão mortos. Ficam perturbados ao voltar para casa e nenhum membro da família lhes dar atenção. Os filhos não respondem quando eles lhes falam e o cônjuge também os ignoram. Então, sentem que precisam fazer alguma coisa para chamar a atenção, o que traz perturbações espirituais. Desse modo, acabam criando problemas.

Por exemplo, os membros da família ou os descendentes da pessoa que faleceu podem se machucar, sofrer algum acidente ou adoecer de repente. É comum o espírito da pessoa falecida provocar distúrbios desse tipo, para que a família perceba que há algo errado e comece a suspeitar que o ente falecido está perdido e voltou para este mundo. Algumas pessoas estranham esse repentino surto de incidentes negativos e decidem se consultar em uma unidade de orientação espiritual da Happy Science.

Como o espírito da pessoa morta sente dificuldades em praticar boas ações, é mais fácil criar problemas. É assim que alguns espíritos enviam sinais. Agem dessa forma porque não conseguiram um grau de iluminação e sabedoria espiritual suficiente, nem tomaram consciência da Verdade. Assim, embora não tenham intenção de causar problemas, acabam provocando infortúnios e infelicidade.

Espíritos Perversos Causam Infelicidade de Propósito

Tenho pena desses espíritos e acho exagerado chamá-los de "perversos", por isso costumo me referir a eles como "maus espíritos" ou "espíritos malignos". Na verdade, o que existe são espíritos do bem e espíritos do mal. E "maus espíritos" soa menos terrível do que "espíritos perversos", que sugere a existência de uma intenção consciente ruim e vingativa. De qualquer modo, como a expressão sugere, os "espíritos perversos" procuram destruir intencionalmente a vida das pessoas. São mais persistentes do que os maus espíritos; têm consciência de que estão perdidos e prejudicam e assombram as pessoas de propósito.

Procuram ativamente criar desgraças neste mundo e destruir a felicidade. "Como não conseguiram encontrar felicidade, pretendem fazer as pessoas deste mundo sofrer." Só sabem guardar rancor e fazem de tudo para tornar os outros infelizes. Por exemplo, há os espíritos das pessoas que não se deram bem nos negócios, ex-donos de empresas que acabaram falindo e cometendo suicídio. "Como sua empresa está arruinada, querem ter o gosto de destruir as empresas dos seus conhecidos." "Também se esforçam para trazer infortúnio aos parentes que riram do seu fracasso."

Portanto, esses espíritos empenhados em causar sofrimento aos outros de propósito são classificados como "espíritos perversos". Se deixados por sua conta, irão realizar apenas ações maldosas, uma atrás da outra.

Em maior ou menor grau, todos conhecemos esse sentimento que leva a pessoa a pensar: "Se eu não posso ser feliz, quero que os outros também sejam infelizes" ou "Se eu não consegui obter tal coisa, tomara que ninguém consiga". É um sentimento até comum. "Quem não consegue ter sucesso e ser feliz, pode querer tornar os outros infelizes também, para se sentir menos mal." Esse sentimento pode crescer e ficar muito forte. Mas é lamentável ver pessoas que viveram uma vida normal aqui na Terra se tornarem seres tão infelizes no outro mundo.

Pessoas Materialistas Não Conseguem se Salvar Após a Morte

Vários anos atrás foi lançado um filme chamado *O Sexto Sentido*. Conta a história de "um psiquiatra que é assassinado, mas continua a analisar uma criança, acreditando que ainda está vivo. Um dia, porém, ele finalmente percebe que está morto e que, na verdade, é um fantasma".

Como o filme retrata bem, até psiquiatras às vezes são incapazes de reconhecer a própria morte. Seu conhecimento é materialista, por isso acham que qualquer sintoma negativo pode ser explicado como "uma falha no cérebro ou como o efeito de drogas". Assim, ao morrer, não são capazes de salvar a si mesmos. Isso é algo sério, que realmente acontece.

Além de psiquiatras, provavelmente vários filósofos também não conseguem se ajudar ao morrer. "Pessoas que se julgam mais inteligentes que os outros e acham que conhecem todas as verdades do universo" não costumam ouvir ninguém. Portanto, mesmo que apareça alguém para orientá-las, não é possível salvá-las.

Não são só doutores em medicina e filosofia que acreditam no materialismo; mesmo alguns religiosos e espiritualistas "duvidam do outro mundo ou da existência da alma". É muito difícil ajudar esse tipo de pessoa a voltar para o mundo celestial. Infelizmente, não há muito o que fazer por elas, até que tenham percorrido uma longa trajetória no Inferno.

Em resumo, "as crenças que elas seguiam e sustentaram enquanto viveram na Terra estavam muito distantes da Verdade divina". Então, precisam passar por várias experiências até compreender onde foi que erraram. Caso contrário, não conseguirão ser salvas.

Como Evitar a Possessão por Espíritos do Inferno

Elimine a Inveja, Pare de se Queixar e Viva com um Correto Coração

Já abordei vários pontos relacionados à possessão espiritual. Sem dúvida, estar em contato com seu espírito guardião ou com anjos é sempre uma coisa boa. Não são muitas as pessoas capazes de se comunicar com seres como os anjos, mas, a meu ver, muitas conseguem se relacionar pelo menos com seu espírito guardião. No entanto, o contato com espíritos do Inferno constitui um problema grave, pois eles criam infortúnios na vida de muita gente e aumentam o número de pessoas infelizes; portanto, devemos evitar esse tipo de fenômeno de possessão a qualquer custo.

Como expliquei, "a possessão ocorre quando a sua frequência mental entra em sintonia com a de algum espírito". Que tipo de mente atrai maus espíritos? Que tipo de mente pode ser descrita como negativa?

São muitos os exemplos de mente negativa. Há, por exemplo, a mente invejosa, que por qualquer motivo sente inveja dos outros. Há mentes que vivem insatisfeitas e se queixando da vida. Há também aquele tipo que está sempre difamando ou desrespeitando os outros, magoando as pessoas com comentários negativos. Muitas pessoas têm também uma mente cínica.

Outro tipo de mente negativa é a que sofre de mania de perseguição. Pessoas afetadas por possessão geralmente sofrem de complexo de perseguição. "Acham que os outros estão sempre implicando, que elas estão sendo desvalorizadas ou ofendidas, e que sempre tem alguém querendo prejudicá-las." Esse tipo de pensamento é comum naquelas pessoas que costumam colocar sempre a culpa nos outros. A mente delas sempre acha que os outros estão errados, que a culpa é dos parentes, amigos, professores, chefes, colegas, do namorado ou namorada, do ambiente, do emprego, da economia, de qualquer coisa, menos delas mesmas. Não assumem a responsabilidade pela situação terrível em que estão e preferem jogar a culpa nos outros. Os espíritos do Inferno acham muito fácil se juntar a pessoas assim, que tendem a não assumir responsabilidade pela própria vida.

Outro tipo de mente negativa é a raivosa. Todo mundo pode sentir raiva de vez em quando, mas as pessoas que ficam com raiva regularmente, que vivem furiosas, em geral estão em sintonia com o Inferno. Sentir raiva e deixar-se tomar por fúrias injustificadas atrai inevitavelmente espíritos do Inferno. Perder a serenidade por nada, dizer e fazer coisas terríveis, viver reclamando ou deixar-se levar pela mania de perseguição, culpar os outros pelos próprios problemas, tudo isso abre caminho para os espíritos do Inferno.

Existe também o tipo oposto de mente. São aquelas pessoas que vivem com uma autoimagem ruim, que não reconhecem o próprio valor, têm baixa autoestima, "acham que não valem nada, que são um fracasso completo, um caso perdido e que nunca deveriam ter nascido". Elas também atraem espíritos do Inferno, pois sua mente fica coberta por nuvens escuras.

O Princípio da Possessão Espiritual

As Seis Tentações deste Mundo: Gana, Ira, Ignorância, Orgulho, Desconfiança e Visão Errônea

Segundo os ensinamentos búdicos, os principais fatores que criam uma mente negativa são conhecidos como as seis ilusões mundanas: gana, ira, ignorância, orgulho, desconfiança e visão errônea.

A gana é o desejo excessivo, a cobiça. Todas as pessoas possuem desejos, mas se eles são levados longe demais, isso é malvisto pelos outros. Quem vê uma pessoa ambiciosa demais, pensa: "Fulano é superambicioso. Ele espera conseguir muita coisa, mas trabalhar que é bom, trabalha muito pouco". ou "Ela quer ganhar dinheiro sem fazer nada".

Muitos filmes de samurais, por exemplo, mostram autoridades corruptas que existiam no passado sendo derrotadas por um herói virtuoso. Nessas histórias, a autoridade era uma pessoa gananciosa e malvada, disposta a quebrar a lei para obter lucros de forma injusta e ilegal. É um exemplo de pessoa que levou a ambição a um nível excessivo.

A tentação seguinte é a "ira" ou a raiva. É ter um coração que se irrita facilmente, por qualquer coisa. Pessoas com esse tipo de mente são facilmente possuídas por espíritos de animais – cobras, em particular.

Depois vem a "ignorância": são pessoas tolas, que vivem cometendo erros e criando o próprio sofrimento. A pior ignorância é desconhecer a Verdade do ponto de vista religioso. Muitas pessoas se opõem à Verdade espiritual e religiosa, e acreditam no oposto daquilo que eu ensino. Acham que "os prazeres do mundo são tudo na vida" e mergulham fundo neles. Os ignorantes são pessoas que não ligam para valores espirituais e procuram ser felizes apenas por meio de objetos materiais ou dos prazeres dos sentidos. É isso o que se entende também por "ignorância". Há muitas pessoas ignorantes e insensatas, mesmo entre aquelas que têm um QI elevado e se destacam nos estudos. O sofrimento criado por essa "ignorância" atrai os espíritos do Inferno.

O "orgulho", ou vaidade, é o que caracteriza a mente das pessoas arrogantes. Esse tipo de mente é similar à dos tengu[7], um tipo de duende de nariz comprido, que passa a vida fazendo ostentação de seu poder. Os tengu não pertencem necessariamente ao Inferno, mas em muitos casos a arrogância deles faz com que se sintam desprezados e sofram. Esse sofrimento, por sua vez, cria uma via para o Inferno. A arrogância é um atalho para o fracasso e há muitas pessoas que fracassam devido justamente à sua presunção.

A tentação seguinte é a desconfiança. No presente contexto, quando cito a dúvida, em geral estou me referindo à mente que coloca em dúvida a Verdade de Buda, mas há outros aspectos dessa ilusão, como a suspeita, a tendência a duvidar dos outros e a adoção de uma postura sempre desconfiada.

A última tentação, a visão errônea, refere-se a ideologias e visões incorretas deste mundo. Existem inúmeras visões equivocadas, e algumas delas são até ensinadas nas escolas. Há ideologias políticas e econômicas equivocadas, mas as principais são ideias e ensinamentos equivocados transmitidos em várias organizações e grupos espiritualistas e religiosos.

---

7. Os tengu são seres mágicos que vivem nas montanhas do Reino de Tengu, nas dimensões inferiores da 6ª dimensão do verso do mundo celestial. Gostam de fazer alarde da sua força e se concentram apenas em fortalecer seus atributos físicos e psíquicos, em interesse próprio. Para mais informações, veja o Capítulo 3, Seção 4 de *As Leis da Eternidade*, de Ryuho Okawa.

O Princípio da Possessão Espiritual

Depois que uma pessoa fica obcecada por uma ideia equivocada e permite que ela entre em sua cabeça, passa a ver tudo por uma perspectiva distorcida. Por isso, é sempre muito difícil para uma pessoa que segue uma religião ou grupo espiritual incorreto conseguir atingir a iluminação. Para isso, ela precisar se afastar desse ensinamento incorreto. Também é difícil alcançar a iluminação se a pessoa faz parte de um grupo de malfeitores, como uma quadrilha de assaltantes, assim como é difícil descobrir a Verdade quando se está no meio de pessoas que acreditam num falso ensinamento.

No mundo atual, há muitas visões incorretas, sobretudo entre aqueles considerados intelectuais. O maior responsável por disseminar visões errôneas é o jornalismo. O mundo vem sendo inundado por ideias equivocadas, transmitidas em reportagens de jornais, televisão, revistas e congêneres. Isso cria confusão na Terra e faz com que a influência do Inferno se expanda, ganhando cada vez mais habitantes.

Você deve encarar gana, ira, ignorância, orgulho, desconfiança e visão errônea como exemplos básicos de uma mente negativa. Assim, do ponto de vista emocional, a irritação repentina, as reclamações constantes e a atribuição de culpa aos outros também revelam uma mente negativa. Do mesmo modo, "se uma pessoa se expressa usando palavras de baixo nível e más ações" e tem "um estilo de vida desordenado", podemos dizer que possui um coração negativo.

Adote um Estilo de Vida Saudável

Um estilo de vida pouco saudável é outro fator que atrai maus espíritos. É importante que você tenha uma vida equilibrada e bem organizada, e permita ao seu corpo descansar. Mesmo que viva com um coração correto, se estiver exausto, dificilmente os espíritos celestiais conseguirão se aproximar de você. Na verdade, se estiver muito cansado, são os maus espíritos que se sentirão atraídos e terão mais facilidade de tomar conta de você. Portanto, um estilo de vida saudável pode protegê-lo dos maus espíritos.

Para manter afastados os maus espíritos, é preciso ter poder mental. Não se pode lutar contra eles sem um mínimo de convicção e determinação. Além disso, essas características contribuem para aumentar seu poder espiritual.

Na medicina oriental, há várias plantas indicadas para aumentar a vitalidade e o poder espiritual, como o alho e o ginseng, entre outras. Elas têm uma relativa eficácia, porque contêm energia espiritual. Ao tomá-las, você ganha energia rapidamente. No entanto, não é bom depender desse tipo de recurso por um período muito longo.

Quando você está fisicamente exausto, pode constatar que a luz não consegue entrar no seu corpo, mas o mal, ao contrário, é facilmente atraído, e você fica sem condições de corrigir sua mente, por mais que se esforce. Portanto, ao se sentir exausto, a primeira medida é retomar um estilo de vida saudável. Descanse, alimente-se de maneira saudável e reconstitua seu corpo. Assim, para evitar possessão por maus espíritos, é muito importante viver com um coração correto e manter um estilo de vida saudável.

Crie um Campo de Força Espiritual para Evitar a Entrada de Maus Espíritos

As religiões com frequência falam em criar uma barreira ou campo de vibração espiritual. Se você está lutando sozinho

O Princípio da Possessão Espiritual

contra maus espíritos, lembre-se de que sua mente consegue se conectar com vários domínios do mundo espiritual. Por isso é importante criar um bom escudo espiritual, que evite a entrada de maus espíritos.

Na religião xintoísta, por exemplo, estende-se uma corda de palha sagrada na entrada do lugar onde seus deuses são cultuados. Com isso, cria-se um santuário que é protegido com uma barreira que os maus espíritos são incapazes de cruzar.

As lutas de sumô são, em essência, um evento dedicado aos deuses, por isso um grande campeão sempre veste um cordão sagrado. O próprio ringue é circundado por uma grossa corda de palha, que constitui também um tipo de barreira de proteção espiritual. Os lutadores de sumô espalham sal no ringue antes de cada luta, e este ato simboliza purificação. No xintoísmo, aprende-se que o sal tem o poder de afastar maus espíritos, e como o sumô é parte do ofício divino, os lutadores espalham sal no ringue. Às vezes, eles também lambem um pouco de sal, pois ele aquece o corpo e age como defesa contra vibrações negativas e maus espíritos. Os lutadores sobem ao ringue sem roupa, simbolizando que nada têm a esconder. O sumô apresentado em festivais é uma cerimônia religiosa, na qual os lutadores mostram que estão se disciplinando com devoção, sendo merecedores de elogios segundo a perspectiva dos deuses.

Houve um tempo em que mulheres ligadas ao governo mostraram interesse em entrar no ringue, mas a Federação de Sumô não permitiu, alegando que o sumô é um culto divino e uma cerimônia religiosa. Segundo a Federação, se uma mulher entrasse no ringue, despertaria desejos terrenos; os lutadores teriam sua atenção dispersada e não conseguiriam lutar direito.

As Leis Místicas

Essas regras têm um sentido religioso; não se trata de preconceito sexual. As sacerdotisas que trabalham nos santuários xintoístas e têm um papel de apoio nas cerimônias religiosas em geral são moças solteiras, ainda adolescentes. Ao descer dos Céus, um deus deve encontrar súditos receptivos, passivos. Como a vibração das mulheres é muito delicada, elas são ideais. As mulheres puras têm uma vibração muito suave e criam uma atmosfera receptiva, facilitando a descida dos deuses[8].

Os homens, ao contrário, tendem a ser mais ativos e são bons no emprego do poder mental. Por isso, quando a condução de uma oração requer intensa determinação, como nas orações destinadas a afastar ou exorcizar maus espíritos, em geral é melhor reunir homens, que têm mais facilidade em concentrar poder. Mas para invocar um deus do mundo celestial e trazê-lo até nós, uma mulher é mais eficiente. E o ideal é escolher uma que seja a mais pura possível, por isso, desde os tempos antigos, os templos costumam recorrer a mulheres solteiras ou que tenham poucas preocupações[9].

Mesmo uma sacerdotisa às vezes não tem permissão de ir além da barreira protetora durante seu período menstrual. Nessa época, ela perde muito sangue e seu corpo pode sentir dores, portanto, seu poder espiritual decresce, sua aura perde força e sua mente está mais vulnerável a preocu-

---

8. Yanagita também fala da "emotividade das mulheres" na página 254 de *Imoto-no-Chikara* ["O Poder das Irmãs"], que faz parte de *Yanagita Kunio Zenshu 11* ["Obras Completas de Kunio Yanagita", Vol. 11] (Chikuma Shobo).
9. Nas páginas 168-169 de *Miko-ko-no 4* ["Reflexões sobre Sacerdotisas 4"], em *Yanagita Kunio Zenshu 24* (Chikuma Shobo), ele escreve: "O papel das sacerdotisas não se restringe necessariamente às mulheres... é sabido que alguns homens o desempenham", mas se trata de uma exceção.

O Princípio da Possessão Espiritual

pações. Com isso, ela fica impossibilitada de prestar plena assistência na invocação dos deuses; é por essa razão que se pede que fique de fora. É assim que algumas religiões têm procedido desde os tempos antigos.

Muitas vezes sou alvo de inimigos que agem ativamente para atrapalhar minha missão – em outras palavras, tenho de enfrentar demônios e espíritos malignos. Então, elaborei uma linha sistemática de defesa contra eles. Criei um campo de força protegido por uma barreira espiritual mantida por meus discípulos, que foram muito bem treinados para isso. Os membros da minha família também criam outra barreira, por isso sou guardado por duas ou três linhas de defesa.

Existem muitos espíritos empenhados ativamente em me prejudicar e, para evitar que consigam, tenho de providenciar uma defesa sistemática. Consigo isso por meio da minha disciplina espiritual pessoal, como já comentei, e também pelo uso de uma barreira espiritual.

Os templos ou bases da Happy Science também são protegidos por um campo de força espiritual. Nessas unidades há salões de orações onde os membros podem vir e participar das palestras, cerimônias e preces realizadas. Uma espécie de aura espiritual guarda nossos templos e bases. Naturalmente, isso também vale para o nosso templo central, o Shoshinkan, em São Paulo, e para outros grandes templos no Japão e pelo mundo. Eles são circundados por uma espécie de barreira espiritual protetora.

Num lar, se a família inteira participa da Happy Science, se todos recitam nosso sutra fundamental – o *Ensinamento Búdico: Darma do Correto Coração* –, assistem aos meus vídeos de palestras, ouvem minhas palestras em CDs, leem livros sobre a verdade e praticam a autorreflexão, tudo isso forma uma barreira espiritual em volta da casa, dificultando a entrada de maus espíritos. A casa se torna uma espécie de fortaleza de luz que protege sua família do mundo exterior.

Em resumo, para evitar a possessão por maus espíritos, é fundamental primeiro manter a mente em harmonia e cuidar da saúde física. Depois, para conservar suas defesas por longo tempo, você deve trabalhar com os demais colegas de Darma, isto é, os outros membros da Happy Science para se proteger. Em particular, procure criar uma tela espiritual no *Shoja* (base própria), templo local, e na sua própria casa, para evitar a entrada de maus espíritos. Essas medidas são essenciais e é sempre bom proteger-se de maneira sistemática.

Bibliografia

Mircea Eliade, *O Sagrado e o Profano. A Natureza da Religião*.
Mircea Eliade, *Xamanismo: Métodos Arcaicos de Êxtase* (Bollingen Series).
William James, *As Variedades da Experiência Religiosa* (Routledge).
Toji Kamata, *Shukyo-to-Reisei* ["Religião e Espiritualidade"] (Kadokawa Sensho).
Kunimitsu Kawamura, *Hyoi-no-shiza, Miko-no-Minzoku-gaku II* ["Aspectos da Possessão: Estudos Folclóricos da Xamanesa II"](Seikyu-sha).
Rudolf Otto, *Das Heilige* ["A Ideia do Sagrado" (Rudolf Otto)] (Oxford University Press).
Kokan Sasaki, *Hyorei-to-Shaman* ["Possessão e Xamã"] (University of Tokyo Press).
Kokan Sasaki, *Xamanismo* (Chuko Shinsho).
Kokan Sasaki e Toji Kamata, *Hyorei-no-Ningengaku* ["A Antropologia da Possessão"] (Seikyusha).
Noriyuki Ueda, *Sri Lanka-no-Akuma-barai* ["Exorcismo de Demônios em Sri Lanka"] (Tokuma Shoten).
G. van der Leeuw, *Einfuhrung in die Phanomenologie der Religion* ["Introdução aos Fenômenos Religiosos"].
Yasuo Yuasa, *Shukyo-keiken-to-Shintai* ["A Experiência Religiosa e o Corpo"] (Iwanami Shoten).
Por favor, note que essas obras não foram citadas ou referidas diretamente no texto deste livro.

Capítulo Três

Os Fundamentos da Comunicação Espiritual

Receber a Luz e Propagá-la para Muitos

Um Grande Plano Preparado Há 150 Anos

1848 – O Início do Espiritismo

Neste capítulo, quero falar sobre o "princípio da Comunicação com os Espíritos". A Happy Science surgiu a partir de comunicações espirituais por meio da psicografia e de fenômenos espirituais; por isso, muitos dos meus leitores já devem estar familiarizados com o termo "canalização espiritual". O movimento de divulgação das Verdades espirituais mediante comunicações com os espíritos começou bem antes da fundação da Happy Science. Tudo isso faz parte de um grandioso plano espiritual que vem sendo implantado há cerca de 150 anos.

Mais precisamente, em 1848 iniciou-se uma grande mudança. Nesse ano, Karl Marx (1818-1883) e Friedrich Engels (1820-1895) publicaram o *Manifesto do Partido Comunista*, e "ficou clara uma tendência mundial para o materialismo. Previu-se que a União Soviética e a China ganhariam muito poder e que esse pensamento materialista iria se espalhar e dominar quase metade do planeta".

Na mesma época iniciou-se uma batalha para evitar a expansão do materialismo. Assim, começaram a ocorrer diversos tipos de fenômenos espirituais nos Estados Unidos, que deram origem ao moderno espiritualismo ou "espiritismo". Os primeiros fenômenos espirituais de grande repercussão aconteceram na casa dos Fox, na periferia de Nova York, com duas das filhas da família. Esses fenômenos físicos começaram com "sons de pancadas" ouvidas em diferentes lugares, como o teto, por exemplo. A família passou a prestar mais atenção aos estranhos fenômenos e as pancadas evoluíram para eventos sobrenaturais mais ativos, semelhantes a um *poltergeist*, que ficaram conhecidos como os *Hydesville Rappings* ("As Pancadas de Hydesville"). Vários tipos de fenômenos espirituais continuaram a se manifestar na casa da família Fox e atrair a atenção de todo o país.

Após esses episódios iniciais, começaram a ocorrer fenômenos espirituais no mundo todo, e muitos deles foram testemunhados em Londres – por exemplo, o da "mesa giratória", que girava sozinha quando se colocavam as mãos suavemente sobre ela.

Nessa época, os participantes dessas sessões tornaram-se capazes de se comunicar com os espíritos, a partir da definição de algumas regras. Por exemplo, eles utilizavam o alfabeto, colocando as vinte e seis letras em ordem e iam apontando uma por vez; se fosse a letra apontada, o espírito dava uma pancadinha nela. Desse modo, o espírito podia soletrar palavras e transmitir mensagens. Este método é similar ao do tabuleiro Ouija[10].

Foram registrados vários outros fenômenos físicos provocados por espíritos, como objetos que flutuavam no ar. Tudo isso tinha a intenção de mostrar exatamente o

---

10. Superfície de madeira plana com letras, números e outros símbolos, provida de um indicador móvel e usada para comunicação com os espíritos. (N. do T)

oposto do pregado pelo materialismo. No entanto, os espíritos superiores não se envolvem nos fenômenos físicos deste mundo, nem esse é o campo de especialidade deles. As dimensões elevadas fazem parte do mundo do pensamento, onde não existe a matéria, por isso, os espíritos superiores não têm interesse em "fazer acontecer fenômenos físicos neste mundo material".

Para realizar fenômenos físicos, é melhor contar com espíritos que vivem mais perto deste mundo, pois nisso eles demonstram maior habilidade. Portanto, foi com eles que os espíritos superiores trabalharam para realizar fenômenos visíveis. O objetivo era fazer com que as pessoas deste mundo acreditassem na existência dos espíritos ao presenciar esses fenômenos espirituais sobre a matéria.

Primeira Fase: Provar a Existência do Mundo Espiritual por Meio de Fenômenos Físicos

Da metade do século 19 até o início do século 20 surgiram muitos médiuns na Terra, e mais de cem ficaram famosos. Eles começaram a se manifestar em todas as partes do mundo. Foi justamente quando a ciência começou a fazer grandes avanços e, para que o movimento espiritual pudesse acompanhar a evolução da ciência, no início foi providenciada a ocorrência de muitos fenômenos espirituais envolvendo a matéria.

Nesse primeiro momento, o plano era "criar fenômenos que pudessem provar e fazer com que as pessoas despertassem para a realidade de que existia algo além do entendimento humano, que algum poder de um mundo desconhecido estava em ação". Para isso, houve uma produção contínua de fenômenos espirituais ao longo de várias décadas. Eis alguns exemplos mais conhecidos[11].

Cientistas como sir William Crookes (1832-1919), célebre pela invenção do tubo Crookes – uma espécie de tubo de vácuo –, realizaram pesquisas científicas sobre fenômenos espirituais e foram bem-sucedidos em extrair do corpo humano amostras de "ectoplasma" – um tipo de energia espiritual –, chegando a materializá-lo. O ectoplasma é um tipo de substância utilizada por um espírito para se manifestar na forma de matéria, como um fantasma.

Com o auxílio de uma médium chamada Florence Cook (1856-1904), William Crookes realizou vários experimentos. Por exemplo, Florence entrava em transe e permitia que o corpo espiritual de uma mulher chamada Katie King se materializasse em forma humana usando o ectoplasma da médium. Katie se manifestava com o corpo de uma mulher real, com pele, veias e cabelo, e permitia que Crookes tirasse fotos e realizasse outros experimentos.

Claro, para realizar isso há necessidade de um médium ou auxiliar intermediário. Este é um dos exemplos nos quais se provou a ocorrência de um fenômeno espiritual. Florence, a médium, foi pesada numa balança e descobriu-se que, en-

---

11. Para mais informações, consulte: Hiroshi Yamakawa, *Kyoi-no-Shinrei--Gensho-o-Mita* ["Testemunhei Fenômenos Espirituais Impressionantes"] (Gakken); *Bankoku-Shinrei-Ko-shashin-shu* ["Fotos Antigas de Espíritos do Mundo"], do mesmo autor (Nanpodo); Janet Oppenheim, *O Outro Mundo: Espiritualismo e Pesquisas sobre Mediunidade na Inglaterra* (Cambridge University Press); J. H. Hyslop, *Abrindo a Porta do Mundo Espiritual*; Chiyomatsu Tanaka, *Shin-Reiko-Shiso-no-Kenkyu* ["Novos Estudos sobre Espiritualismo"] (Kyoei Shobo Publishing) etc.

Os Fundamentos da Comunicação Espiritual

quanto o fantasma se materializava na forma física, o peso de Florence se reduzia drasticamente. O peso da médium caía na proporção direta da quantidade de matéria que se transferia do seu corpo para materializar o fantasma.

Embora Katie fosse um espírito, quando assumia a forma material "ficava igual a um ser humano, com veias e um coração batendo", e era possível tocar seu corpo. "Katie sugeriu às pessoas que cortassem seu cabelo." Mas, depois de cortado, ele crescia de novo imediatamente. Não importava o quanto cortassem, crescia de novo. Fizeram vários testes desse cabelo, inclusive análise ao microscópio, e descobriu-se que "se tratava de cabelo humano comum". Em certo momento, Katie disse que queria mostrar uma coisa. Então, rasgou um pedaço da saia que estava usando, que também tinha sido materializada, mas novamente se formou tecido, reparando o dano. Foram realizados vários experimentos desse tipo.

Era realmente um fenômeno muito estranho, mas se as pessoas deste mundo não vissem a forma materializada, não despertariam para o mundo espiritual. Esses experimentos foram realizados várias vezes entre 1872 e 1874, mas não foi a primeira vez que esse tipo de fenômeno ocorreu.

No relato da ressurreição de Cristo encontramos o seguinte episódio: Um dos discípulos de Jesus, Tomé, duvidou da ressurreição de Jesus, dizendo: "Se eu não vir a marca dos pregos nas mãos, e não colocar a mão no seu lado, de maneira nenhuma crerei". Então, Jesus surgiu materializando-se fisicamente e disse a Tomé: "Põe aqui o teu dedo, e vê as minhas mãos; e chega a tua mão aqui no meu lado". Ao ver isto, Tomé não duvidou mais e passou a crer (João, 20). Essa passagem aparece na Bíblia e é sem dúvida um tipo de fenômeno de materialização, ocorrido na história da humanidade.

Houve outros experimentos espirituais, como a "levitação". Realizaram demonstrações nas quais pessoas conseguiam "flutuar no ar". Numa delas, "uma pessoa saiu por uma janela situada a cerca de doze metros do chão, circundou o edifício pelo ar e voltou a entrar nele por outra janela".

Os pesquisadores também tentaram transmitir a voz de um espírito. Como poderia haver suspeita de que os médiuns estariam falsificando a voz do espírito pela técnica da ventriloquia, eles "extraíram uma pequena quantidade de energia em forma de ectoplasma de um corpo humano e o puseram num megafone, criando cordas vocais artificiais. Isso permitiu ao espírito comunicar-se diretamente pelo aparelho".

Outros fenômenos relatados mencionavam o "aparecimento de joias e outros objetos a partir do nada". Esses experimentos de "manifestar objetos pela atração" foram realizados várias vezes. Outro fenômeno foi o aparecimento de objetos incandescentes que voavam pelo ar.

Também foram realizados experimentos com telepatia. Os investigadores procuravam descobrir "se essa capacidade se devia a algum efeito causado por espíritos ou se eram poderes telepáticos genuínos". Como "a telepatia não era considerada um fenômeno espiritual, tentaram saber se a pessoa estava recebendo mensagens de alguém vivo ou se a telepatia era apenas fruto de uma divisão de personalidade".

Tudo isso ocorreu há cerca de cem anos, e talvez não haja muitas pessoas que tenham conhecimento disso hoje. Na época, porém, surgiram várias organizações, como a Sociedade de Pesquisas Psíquicas, dedicadas à "investigação científica do mundo espiritual, separadamente do mundo da fé". Elas promoveram vários experimentos de materialização. Usava-se todo tipo de método para provar a existência do mundo espiritual e há um grande volume de dados sobre o assunto tanto nos Estados Unidos como no Reino Unido. Neste último, o autor das histórias de Sherlock Holmes, sir Arthur Conan Doyle (1859-1930), era também um grande pesquisador do mundo espiritual. Muitos escritores americanos famosos se dedicaram a estudar o assunto e, assim, iniciou-se uma grande onda de interesse pelo espiritismo.

Nos Estados Unidos, William James (1842-1910), conhecido como o pai da psicologia, aproveitou sua condição de acadêmico de prestígio para empreender uma ampla pesquisa das questões espirituais; no entanto, acabou fazendo descrições de difícil compreensão. Seu irmão, o escritor Henry James (1843-1916), criou uma história sobre fantasmas, *A Volta do Parafuso*. Nesse país surgiram pessoas como Leonora Piper (1859-1950), uma médium poderosa com habilidades de vidência, telepatia e clarividência, entre outros, capaz ainda de produzir vários fenômenos espirituais, inclusive a psicofonia, isto é, comunicação de mensagens espirituais através da voz do médium.

Portanto, há cerca de cem anos a pesquisa sobre as questões espirituais foi amplamente desenvolvida e difundida. Nessa primeira fase, lançou-se mão de vários fenômenos físicos para preparar o caminho para a segunda fase.

Segunda Fase: Divulgar a Filosofia do Mundo Espiritual por Meio de Comunicações Espirituais

O final da primeira fase desse grandioso projeto e início da segunda ocorreu no começo do século 20. A segunda fase consistiu na difusão da filosofia do mundo espiritual por meio de mensagens espirituais recebidas por psicografia e psicofonia.

As Leis Místicas

Os espíritos superiores começaram, então, a enviar mensagens do mundo celestial registradas por fenômenos de escrita direta ou mensagens por voz, e publicadas em livros. No Reino Unido, o espírito de um nativo americano chamado Silver Birch ["Bétula Prateada"] comunicava-se com um médium, e suas palavras foram publicadas sob o título de *Ensinamentos Espirituais de Silver Birch*. Em meados do século 19, foi lançado na França *O Livro dos Espíritos*, de Allan Kardec (1804-1869). Esses dois importantes conjuntos de mensagens espirituais vieram da mesma origem, com o mesmo propósito. Além desses, começaram a surgir livros similares em todas as partes do mundo, tanto no Ocidente quanto no Oriente.

Nessa segunda fase, houve uma grande divulgação do mundo espiritual e dos pensamentos dos espíritos superiores pelo mundo afora, em forma de livros com descrições detalhadas. Como essa fase coincidiu com difícil período da Primeira e da Segunda Guerra Mundial, os espíritos superiores dedicaram-se com muito fervor à missão de divulgar a filosofia do mundo espiritual.

Terceira fase: A Cura de Doenças por Métodos Espirituais

Dentro do fluxo dos acontecimentos que se seguiram, a ciência e a medicina começaram a apresentar grandes avanços e passaram a dominar o senso comum. Isso fortaleceu muito o ponto de vista dos materialistas, que se recusavam a acreditar na religião ou no mundo espiritual. Algo precisava ser feito para resolver essa questão.

Nessa época foi publicada a Teoria da Evolução, de Charles Darwin (1809-1882); no entanto, outro cientista, Alfred Wallace (1823-1913), também escreveu suas ideias

Os Fundamentos da Comunicação Espiritual

evolucionárias mais ou menos à mesma época. Wallace era espiritualista e pesquisador de fenômenos espirituais, por isso seus estudos tinham essa orientação. Se ele tivesse sido reconhecido como "o pai da Teoria da Evolução", a história da humanidade teria mudado totalmente, pois "sua teoria foi desenvolvida com base nos estudos da Verdade espiritual".

Infelizmente, Darwin recebeu os créditos pela teoria, cujas ideias fundiram-se por completo ao pensamento materialista. Esse foi um dos primeiros equívocos que contribuiu para mudar o curso dos acontecimentos. A ação combinada das obras de Marx e de Darwin fortaleceu o materialismo, e ele se tornou uma tendência dominante no mundo. Nesse meio-tempo, a ciência e a medicina fizeram grandes avanços.

Como expliquei, o primeiro passo para a divulgação do espiritismo foi o uso de médiuns na manifestação de fenômenos espirituais; o segundo, a realização de comunicações espirituais. No terceiro estágio, teve início a cura de doenças utilizando-se a energia do mundo espiritual. Assim, uma série de "doenças que se diziam incuráveis neste mundo começaram a ser curadas com métodos de cura espiritual" em todo o mundo. Após a Segunda Guerra Mundial, esse movimento se expandiu ainda mais.

Recorrer à cura espiritual para tratar de pessoas desenganadas pelos médicos, com doenças consideradas incuráveis, foi uma forma de combater o materialismo no campo da medicina. No entanto, essa luta possui uma barreira muito difícil de transpor. Até mesmo no Japão estabeleceu-se um sistema pelo qual a pessoa "não tem autorização para curar doenças" se não for médica, o que dificulta muito o trabalho das religiões, que precisam vencer esses obstáculos para poder realizar a cura de pessoas.

Em resumo, essas três fases fazem parte de um grande experimento na civilização. Em um intervalo de cem anos, foram feitos vários preparativos a fim de criar as bases necessárias para que a Verdade pudesse ser propagada a partir da segunda metade do século 20. Desde o princípio, eu também estive envolvido nesse grande projeto. Quando eu estava no mundo verdadeiro, em meados do século 19, trabalhei nesse plano, quando se decidiu dar início à sua implantação.

O Materialismo Conseguiu se Enraizar nos Ensinamentos Cristãos e Budistas

No reino celestial, Jesus Cristo auxiliava nos preparativos para ações nos países cristãos. Mas, além dos inimigos como o materialismo e a crença na supremacia da ciência, havia uma barreira dentro da própria Igreja: uma corrente de pensamento alegava que a Igreja ficou parada no tempo e que "os fenômenos espirituais só aconteceram na época de Jesus". Na verdade, isso ocorreu porque os líderes da Igreja não possuíam poderes espirituais, e não havia mesmo o que pudessem fazer.

Além de terem cessado na época de Jesus, os fenômenos espirituais que se verificaram depois foram sistematicamente negados pela Igreja. Algumas correntes do cristianismo incorporaram esses fenômenos em suas crenças, mas seus fiéis passaram a ser reprimidos e tratados como "heréticos". Quando o espiritismo emergiu mais recentemente, o cristianismo se opôs frontalmente e passou a vê-lo como inimigo.

Já a Igreja Anglicana, que parecia ter ligação com os espiritualistas, tinha a obrigação de apoiar e aceitar esse movimento espiritual, mas interpretou esses ensinamentos como coisa do demônio e concluiu que era preciso eliminá-lo.

Como vemos, os inimigos podem surgir até dentro da própria religião, e isso causa problemas infindáveis. Mesmo hoje, a Igreja ainda se recusa a aceitar de verdade o espiritismo; apenas esboça um apoio tímido, mas não quer acreditar em seus ensinamentos. Uma das razões é o ciúme, por considerá-lo um concorrente. O espiritismo é como se fosse uma "nova religião", e os membros mais conservadores da Igreja "tentam se defender da influência de novas tendências populares". Outra razão é que grande parte dos fenômenos espirituais que estavam registrados na Bíblia foram excluídos. Se ela revelasse claramente os fenômenos espirituais do período que ela cobre, certamente as pessoas seriam mais abertas à ideia do espiritismo. No entanto, eles foram suprimidos durante a edição da Bíblia, por isso as gerações posteriores desconhecem a Verdade Espiritual.

Os ensinamentos budistas também foram afetados pelo materialismo. Essa tendência começou na Índia, algumas centenas de anos após Buda Shakyamuni ter retornado ao mundo celestial. A Índia sempre foi um país filosófico, e o budismo acabou virando uma espécie de filosofia naquele país. Por se tratar de uma religião, era comum o budismo ensinar sobre questões espirituais, mas veio um período em que as pessoas não entenderam isso assim e passaram a interpretar seus ensinamentos de maneira filosófica. O budismo acabou virando um estudo de lógica, para ensinar as pessoas a debater, e nisso incorporou muitos aspectos do pensamento materialista.

É lamentável que, atualmente, mesmo nas universidades budistas do Japão, existam muitos acadêmicos profissionais afirmando que o budismo não aceita a existência de espíritos ou almas. Se o budismo deixar de reconhecer a existência de espíritos ou almas, isso trará sérias consequências. Não importa que se dê o nome de espírito, alma, função mental, intenção, inteligência imortal, *alayavijnana* (consciência fundamental) ou natureza búdica; o fato é que se deixar de aceitar a existência da entidade espiritual que segue adiante depois que se abandona o corpo físico após a morte, o budismo se tornará uma crença vazia.

Se não existisse alma, então o ensinamento budista de que "tudo é transitório" iria tornar-se um ensinamento materialista. Significaria apenas que, "quando algo se interrompe, isso é o fim"; que, "quando uma pessoa morre, chegou ao fim da linha". Se a vida se limitasse a este mundo, de que adiantaria ensinar às pessoas que elas devem abandonar seus apegos? Elas iriam preferir ter uma vida de prazeres até a chegada da morte do corpo humano. Os ensinamentos ganhariam o sentido oposto e as pessoas que não tivessem compreensão das questões espirituais iriam interpretá-los desse modo.

O materialismo se infiltrou claramente no budismo e no cristianismo. Para os cristãos, "os fenômenos espirituais talvez tenham ocorrido no passado, mas agora não existem mais", e eles não conseguem avançar mais nesse assunto. Portanto, esses fenômenos espirituais foram criados não somente para "combater a ciência e o materialismo", como também para "lutar contra o esvaziamento e fossilização da religião, da qual sobrou apenas a forma exterior", não a verdadeira crença. Na linha budista havia o medo dessa estagnação; então, surgiram novos segmentos orientados por espíritos superiores, tal como o budismo esotérico, que estuda o poder místico e mágico da religião, dando grande ênfase aos fenômenos e poderes espirituais. Enfim, apesar do grande crescimento populacional a partir do século 20, as pessoas entraram numa era em que cada vez mais se sabe menos sobre a Verdade.

A Missão de El Cantare para Estabelecer a Nova Era Espiritual

1956 – O Início de um Século de Espiritualidade

De acordo com as tradições do budismo Teravada, que se expandiu no sudeste asiático, o ano de 1956 marcou os 2.500 anos do retorno de Buda Shakyamuni ao mundo celestial, fato que foi celebrado com muitas festividades. Esse momento deve ser visto como o início de novos tempos.

Segundo a astrologia, 1956 assinala também o início da Era de Aquário. Em outras palavras, significa que naquele ano começou um novo século de espiritualidade. Como 1956 representava o início de uma grande transformação na história da humanidade, escolhi exatamente esse momento para renascer na Terra.

Na vez anterior, nasci na Índia como Buda Shakyamuni, por intermédio de Maya (Mahamaya), que acabou falecendo uma semana depois de puerperal. Desta vez, a escolhida para ser minha mãe foi Maisha, a mãe de Hermes na antiga Grécia.

Meu renascimento ocorreu em 1956 porque o novo movimento de propagação da verdade espiritual estava programado para se iniciar em 1981. Escolhi essa data pois previ que, se o movimento fosse iniciado a partir de 1981, daria tempo para concluir a missão antes que o século 20 terminasse. No entanto, no final dos anos oitenta eu ainda não me sentia com energia suficiente, e fiquei muito impaciente com os problemas que surgiam. Mesmo assim consegui que, antes da virada do milênio, a Happy Science se destacasse no mundo e difundisse novos ensinamentos espirituais a um grande número de pessoas.

El Cantare – O Ser Búdico e Crístico Unificado

Quem examinar o conteúdo dos ensinamentos que estou transmitindo, perceberá que desta vez tenho várias missões a cumprir, mas se olhar a extensão disso tudo, compreenderá que isso engloba ambas a missões de Buda e de Cristo (o Salvador). Ensino o caminho da iluminação do budismo e intensamente os ensinamentos de amor de Cristo, conforme planejei desde o princípio.

Assim, a forma mais fácil de explicar a existência desse Ser chamado El Cantare é dizer que se trata da união das consciências de Buda e do Cristo. É o Ser que revela as Leis Espirituais e a Verdade de Buda e que, ao mesmo tempo, transmite os ensinamentos de amor e salvação de Cristo. Essas duas características fluem poderosamente de mim.

Além disso, transmito "a filosofia do progresso e da prosperidade" de Hermes, da Grécia, de forma apropriada para os tempos modernos. Esses ensinamentos herméticos dão à Happy Science uma grandiosa força fundamental. Quem observa de fora percebe que os aspectos da iluminação e do amor estão presentes de modo marcante nos ensinamentos.

Ainda não transmiti de forma completa as "LEIS DO UNIVERSO", de Rient Arl Croud, mas pretendo fazê-lo antes de retornar ao mundo espiritual; também ensinarei sobre as Leis do Grande Universo, que ainda considero precoce transmitir neste momento, pois certamente as pessoas não teriam como compreendê-las.

Apesar de ainda haver muitas Leis que não ensinei, tenho enfatizado muito os ensinamentos de Buda e de Cristo. Você consegue entender o significado disso tudo? Os cristãos interpretavam que o final do século 20 seria um momento decisivo. O profeta francês Nostradamus (1503-1566) afirmou que "o final daquele século seria um período de grande perigo", e muitos cristãos passaram a acreditar nisso. Várias religiões estão conscientes da vinda de um novo Messias – um grande número delas, religiões cristãs. Embora muitos vejam o "advento do Salvador" como uma coisa muito boa, para os cristãos significa a chegada de uma era de grandes crises.

Os cristãos acreditam que o Salvador virá somente no final dos tempos, no fim da humanidade. Para eles, portanto, a vinda do Salvador é algo a ser temido; o Advento do Messias significa que a humanidade irá enfrentar desastres terríveis. Na Bíblia, "O Apocalipse de São João" contém diversas profecias terríveis, e nos últimos dois mil anos as pessoas têm acreditado nelas. Muitos acham que o "Juízo Final" e a Advento do Salvador ocorrerão simultaneamente. Na verdade, o "Juízo Final" é um fábula do mundo espiritual, mas muita gente pensa que se refere a este mundo.

Assim, foi desenvolvido um plano para unir o Oriente e o Ocidente, trazendo a salvação para todos. Esse plano visa salvar todas as pessoas nessa nova era. Da mesma forma que no Oriente as pessoas só seriam capazes de entender esse movimento se ele fosse formulado em termos budistas, no Ocidente os ensinamentos precisariam estar em termos cristãos para serem compreendidos. Quando as pessoas estudarem meus ensinamentos, talvez me vejam como Buda ou como Cristo; no entanto, sou a manifestação de ambos.

Nas palestras que faço, "o espírito do Cristo tem falado diretamente por meu intermédio, portanto, algumas pessoas pensarão que Cristo ressuscitou". Naturalmente, essa também é uma das mensagens. Bem, este é o plano que foi idealizado há 150 anos e vem se desenrolando até os dias de hoje.

As Dificuldades de Canalizar as Mensagens Espirituais

Por Que os Espíritos Superiores Enviam Suas Mensagens Espirituais Anonimamente

Quando iniciei este movimento espiritual, transmiti sistematicamente as mensagens de espíritos superiores para revelar esse fenômeno espiritual[12].

As reações do público foram as mais diversas. Algumas pessoas comentaram: "O conteúdo dessas mensagens é maravilhoso, mas acho que tem gente famosa demais mandando mensagens. O normal seria que apenas uma pessoa desse porte aparecesse". Outra observou: "Quando aparece mais de um deus, a coisa fica confusa e os ensinamentos perdem unidade. Além disso, é difícil acreditar que tantos espíritos estejam descendo para transmitir suas mensagens".

No passado, as pessoas tinham esse mesmo tipo de opinião sobre as mensagens espirituais, por isso os espíritos superiores preferiam se comunicar com os vivos anonimamente. Então, o receptor das mensagens dizia: "Não sei

---

12. Atualmente, na Happy Science, há disponíveis centenas de livros de mensagens espirituais recebidas por Ryuho Okawa; quase todos os títulos estão em japonês ou inglês e apenas alguns em português. (N. do E.)

quem mandou, mas recebi uma mensagem de um espírito muito elevado" e tentava provar a veracidade da mensagem pelo conteúdo (é o caso do livro *Ensinamentos Espirituais de Silver Birch*). Nesse contexto, minha decisão de publicar as mensagens espirituais revelando os verdadeiros nomes dos espíritos foi uma atitude pioneira e corajosa.

Os espíritos preferem ocultar seus nomes verdadeiros porque, mesmo que dessem o nome usado no passado, as pessoas dificilmente conseguiriam provar sua veracidade. Não importa o quanto elas tentem, nunca vão comprovar que determinada mensagem foi enviada por determinado espírito. Atualmente, não há como as pessoas se informarem sobre alguém que viveu há centenas ou milhares de anos. E se o receptor da mensagem dedica toda a sua atenção a isto, a mensagem em si acaba não sendo aproveitada, por isso muitos espíritos decidiram enviá-las anonimamente ou sob pseudônimo.

Os espíritos superiores também lançaram mão desse recurso no século 19, no Japão, quando várias religiões foram fundadas. Se os espíritos usassem seus nomes verdadeiros, as pessoas na Terra poderiam não entender, por isso adotaram nomes de outros deuses ou preferiram o anonimato. Isso é muito comum nas religiões (como ocorreu nas religiões japonesas Konkokyo, Tenrikyo e Oomoto).

Ao Voltar ao Mundo Espiritual, as Pessoas Começam a se Esquecer deste Mundo

Quando as almas voltam para o mundo espiritual, não se lembram mais dos detalhes de sua vida na Terra. Aos poucos vão se esquecendo das coisas. Isso é muito natural, da mesma forma que a maioria das pessoas não lembra todas as coisas da sua infância. Se você visse um registro de todas as suas memórias da época da pré-escola ou da escola primária, ficaria surpreso com o que encontraria. À medida que o tempo passa, esquecemos os nomes e rostos dos colegas e professores que tivemos naquela época. Talvez você se lembre de algumas frases que seu professor disse, mas sempre será muito maior o número de coisas que já esqueceu. Se por acaso encontrar com seus amigos daquele período, ficará surpreso ao ouvir histórias que já tinha esquecido há tempos. Ao envelhecer, há casos de memória que são preservadas, mas as memórias aos poucos vão sendo esquecidas.

O processo de passar para o outro mundo também envolve esquecer este mundo. Passar para o próximo mundo é "renascer". Nascer neste mundo equivale a morrer no outro para poder renascer neste. Trata-se de dois mundos completamente opostos.

Quando somos designados para nascer neste mundo, nossos amigos no outro mundo se reúnem para vir se despedir de nós, e derramam lágrimas. Ao nascer neste mundo, porém, esquecemos tudo e, aos poucos, vamos desenvolvendo uma consciência como habitantes da Terra, ganhando conhecimento, experiências e memórias. Depois, envelhecemos, nosso corpo carnal enfraquece, a capacidade de memória também e, no final, voltamos ao outro mundo.

Ao retornar para o mundo espiritual, somos iniciantes outra vez, como se fôssemos bebês recém-nascidos. Precisamos aprender tudo sobre o mundo espiritual, a partir do zero. Ao voltar para o outro mundo, levamos a essência de nossas experiências terrenas, mas as memórias triviais são deixadas para trás. Lembrar-se de tudo iria atrapalhar o treinamento da alma no outro mundo.

Do Ponto de Vista do Mundo Celestial, o Corpo Carnal É Como uma Armadura de Ferro

Os detalhes da nossa vida neste mundo estão registrados no que chamamos de "corpo astral", um invólucro que envolve o "corpo espiritual". A alma permanece dentro deste corpo astral por um tempo após a morte, em sua estadia no Reino Póstumo da quarta dimensão. Este corpo astral emite vibrações intermediárias que ligam o mundo espiritual à Terra; portanto, os seres da quarta dimensão em geral vivem nesta forma.

Quando a alma sobe da quarta dimensão para um reino mais elevado, abandona seu corpo astral, pois enquanto usar esse tipo de vestimenta espiritual não será capaz de passar para o verdadeiro mundo espiritual da quinta dimensão e ir além dela. Esse corpo astral é como uma grossa roupa de mergulho; é um pouco desconfortável de usar, mas necessária ao mergulhar nas profundezas do mar. De modo semelhante, num lugar com uma vibração próxima à da Terra, é impossível viver sem esse tipo de ajuda.

No entanto, as almas não podem passar para um plano mais elevado enquanto usam esse corpo, e ao se elevar precisam descartá-lo. Esse corpo astral pode ser aproveitado para criar vários fenômenos no Reino Póstumo, ou reutilizado por espíritos de reinos mais elevados quando descem à Terra. É usado também como material básico para o renascimento de uma alma.

Depois que o corpo astral é abandonado, contamos com o "corpo espiritual". Ele fica sob o corpo astral e é um pouco mais refinado. É nessa forma que as almas vivem na quinta dimensão e além. Conforme as almas se movem mais para o alto e entram no reino dos Anjos de Luz, sentem que mesmo esse corpo espiritual é pesado demais, como se fosse uma armadura, então precisam remover outra camada para se tornarem um "corpo de luz", mais sutil ainda, preenchido de luz. É nele que passam a viver na sexta dimensão e acima dela.

Os mundos que existem além da sexta dimensão têm vibrações mais sutis e são ainda mais refinados. Por isso, é muito difícil para os espíritos superiores, da sétima, oitava ou dimensões mais elevadas descerem à Terra para se comunicar com pessoas deste mundo. Eles possuem corpos de luz e vibrações sutis que impedem a comunicação direta com as pessoas do mundo terreno.

Do ponto de vista do reino celestial, até mesmo o corpo astral é pesado como uma roupa de mergulho. Já o corpo carnal, por ser ainda muito mais denso que o corpo astral, é como se fosse uma armadura de ferro. Por isso, as vibrações do mundo celestial e do material são bem distantes. Em outras palavras, os habitantes dos reinos espirituais mais elevados devem sentir que os humanos se parecem com caranguejos envoltos por pesadas carcaças arrastando-se pelo leito do mar. Para eles, é uma tarefa muito difícil renascer na Terra num corpo físico. Mesmo sem nascer aqui, apenas o ato de mandar mensagens ou oferecer orientação às pessoas na Terra já é algo extremamente difícil.

Maus Espíritos Têm Mais Facilidade para Entrar nas Pessoas da Terra do Que os Espíritos Superiores

Depois de ter lido vários livros sobre mensagens espirituais, você perceberá que em alguns casos há um intermediário que participa da comunicação. Um espírito de uma dimensão mais baixa pode entrar em cena e agir como um médium no mundo espiritual, uma espécie de mediador que traduz as palavras do espírito superior e suas mensagens para as pessoas da Terra.

Às vezes, um espírito superior transmite mensagens "por meio de uma jovem adolescente, usando a psicografia". Nesses casos, como é muito difícil "para o espírito superior incorporar-se diretamente na pessoa", ele passa a usar o espírito guardião dela como um mediador. "Os espíritos superiores fazem com que o espírito guardião dite a mensagem para ela escrever." Esse tipo de envio indireto de mensagens por meio de um espírito guardião é muito comum.

Se não fosse feito desse modo, a pessoa aqui na Terra encarregada de receber a mensagem não seria capaz de suportar a intensa luz do mundo espiritual. Além disso, como as vibrações não são compatíveis, o espírito superior teria dificuldades para conseguir um controle total do corpo da pessoa. No nosso mundo, um espírito que habita uma dimensão próxima tem mais facilidade para assumir por completo o controle de um corpo humano.

Quando uma pessoa neste mundo mantém sua mente harmonizada, obviamente fica mais difícil para os espíritos do Inferno se aproximarem dela. Mas, na realidade, existe muita gente que vive com sentimentos desarmônicos de raiva, inveja, ódio, preocupação, dor, sofrimento, angústia e outros. Às vezes, o corpo da pessoa perde a harmonia devido a alguma doença ou situação de estresse. Se ela tem um trabalho duro, a exaustão pode dominar seu corpo, criando tensão, problemas de coração, circulação, nos órgãos ou no cérebro, e até provocar um problema físico. Quando a mente e o corpo adoecem dessa forma, as pessoas do mundo moderno emitem vibrações mais similares às dos espíritos perdidos que espreitam nas vizinhanças do mundo terreno do que às dos anjos, e ficam mais suscetíveis à possessão.

Quando a mente de uma pessoa se volta para uma direção em que seus interesses e gostos combinam com os de espíritos infernais, então estes se aproximam e podem se insinuar na sua mente, passando a entrar e sair do seu corpo. Uma hora acabam se instalando de vez e assumindo o controle. Se isso acontecer, embora sua alma ainda se mantenha conectada ao corpo carnal pelo "cordão de prata", ela será colocada para fora enquanto outra alma irá assumir seu lugar e passar a viver em seu corpo no dia a dia.

Muitas pessoas encontram-se nesse tipo de situação. Em vez de serem médiuns, acabam se tornando pessoas com poderes espirituais influenciados pelo mal. É comum que demonstrem grande oscilação de humor e não consigam controlar as emoções. Não são mais elas mesmas, porque seus corpos estão tomados por maus espíritos.

Neste mundo, há muitos espíritos perdidos que não conseguem voltar para o Céu. Além disso, há um reino do Inferno que reflete bem de perto as condições materialistas deste mundo terreno. Ele é criado pela energia dos pensamentos de ilusões e desejos ligados às coisas deste mundo. Os habitantes do Inferno sintonizam-se com a mente das pessoas que emitem essa energia de pensamento preenchida de desejo. Dessa forma, as pessoas estão abrindo as portas espirituais de sua mente, facilitando a entrada dos maus espíritos infernais.

Por exemplo, se você vive bêbado e tem uma vida conturbada, os maus espíritos conseguirão entrar em você à vontade. Com certeza você já viu bêbados possuídos por espíritos, que ficam desorientados, fora de si. Também há aqueles que são possuídos e enlouquecem, e acabam internados em hospitais psiquiátricos. Essas pessoas se tornaram "sensitivos" ou médiuns de maus espíritos.

  Quando um anjo entra numa pessoa, as ações dela não ficam estranhas, mas quando ela é possuída por uma alma perdida do Inferno ou pela alma de um suicida, então suas ações se mostram anormais. Por isso, na maioria das vezes essas pessoas são isoladas da sociedade. Esse tipo de fenômeno espiritual ocorre com frequência.

  De uns anos para cá, ouve-se falar bastante em "distúrbios de múltipla personalidade", mas vários desses casos na verdade são provocados por maus espíritos. Quando um espírito toma posse de uma pessoa, ele expulsa a alma dela, e então a pessoa parece assumir uma personalidade totalmente diferente. Mas o espírito possessor não consegue manter o controle dela para sempre, assim, quando ele se cansa e vai embora, o corpo é assumido por outro espírito. Então, cinco, seis, dez espíritos podem se revezar para tomar o corpo daquela pessoa.

  Muitos casos de distúrbio de personalidade múltipla são, portanto, causados pela possessão. Às vezes o espírito guardião da pessoa consegue recuperar o controle do seu corpo, mas, se a energia espiritual dela estiver enfraquecida demais, permitirá que outros espíritos assumam o comando novamente. O corpo vira uma espécie de casa vazia, onde diversos espíritos passam a entrar e sair, criando o distúrbio de personalidade múltipla. Esse tipo de problema ocorre com frequência com pessoas que se tornam criminosas.

  Assim, por causa das densas vibrações das pessoas da Terra, é muito difícil para os espíritos de esferas mais elevadas conseguirem entrar em contato direto com os seres humanos.

A Importância de Entrar em Retiro Espiritual

O Método Tradicional para se Comunicar com o Mundo Espiritual É Fazer Meditação Profunda

Qual é o método para se sintonizar com o mundo espiritual? Existe um método tradicional, usado desde os tempos antigos. A resposta é praticar a concentração espiritual pela meditação profunda. Certamente todas as religiões, ocidentais e orientais, possuem seus métodos para obter a concentração espiritual. No entanto, no dia a dia, é impossível você se sintonizar perfeitamente, pois há circunstâncias em que o trabalho e a vida neste mundo interferem bastante. O próprio fato de você estar vivendo neste mundo impede uma conexão perfeita com o mundo espiritual. Até mesmo Swedenborg, que era um médium dotado de grande poder espiritual, enfrentava dificuldades com isso.

Visitar o mundo espiritual é, sob certos aspectos, equivalente a morrer para este mundo. Quando você viaja para o outro mundo estando ainda vivo neste aqui, por uns dois ou três dias você dará a impressão de ter morrido, e durante esse tempo não precisará comer nada. Um leigo, ao vê-lo nessa situação, pode achar que "você morreu mesmo", e há o risco de que alguém disponha do seu corpo enquanto sua alma estiver fora dele. Por isso, quando "visitar o mundo espiritual", é importante que você fique isolado. Se houver pessoas que sabem o que está acontecendo e estão cuidando do seu corpo, não haverá problema, mas alguém pode entrar em pânico e querer levar seu corpo até um hospital ou mandar realizar um funeral, o que seria um grande transtorno.

Por isso, quando Swedenborg ia fazer alguma de suas viagens astrais, dizia às pessoas próximas: "Mesmo que eu pareça ter morrido, não tentem falar comigo nem me toquem". Isso mostra que ele só conseguia manter contato com os habitantes do outro mundo quando entrava num estado similar à morte. Ele dizia também: "Se na sua viagem você viu o espírito de uma pessoa morta, significa que nessa hora você também estava morto" e, num certo sentido, isso é bem verdadeiro.

Alguns textos budistas relatam que o Buda costumava "fazer retiros espirituais" de três meses todos os anos. Ele tinha por hábito fazer isso no verão ou na estação chuvosa. Nesse período, cortava todo o contato com o mundo exterior. No resto do ano, vivia nos templos e mosteiros com outros discípulos, dava sermões e se reunia com as pessoas. Levava uma vida normal e às vezes recebia seguidores para os quais dava orientações sobre questões deste mundo terreno. Mas quando ia para o seu retiro, isolava-se totalmente.

Quando algum fiel mais abastado se oferecia para prover alimentos a Buda durante o verão, ele procurava uma caverna ou local próximo da residência dessa pessoa onde pudesse se manter em retiro total. A comida lhe era entregue, mas afora isso ele não tinha contato algum com o mundo exterior. Nesse período também não saía para pedir oferendas. Nesses retiros de vários meses, isolado, afastava-se completamente deste mundo para não ser perturbado com afazeres terrenos. Como os assuntos mundanos impediam que conseguisse entrar em meditação profunda e pudesse passar longo tempo no mundo espiritual, procurava se isolar regularmente.

Consta nas escrituras budistas que nesses três meses ele voltava ao reino celestial, pregava à sua mãe, Maya (Mahamaya), que havia morrido quando ele era bebê, passando-lhe ensinamentos sobre a iluminação que ele atingira como Buda.

Os longos retiros espirituais são necessários, caso contrário a pessoa não conseguirá chegar a um estágio em que possa fazer viagens astrais entre este mundo e o mundo espiritual livremente. Nos dias atuais, as pessoas estão em um ambiente extremamente difícil de se comunicar com o mundo espiritual, pois o tempo todo são interrompidas por chamadas telefônicas, mensagens de e-mail, fax, excesso de barulho ou outras pessoas que surgem. Assim, é muito importante periodicamente se afastar dos efeitos danosos provocados pelos assuntos deste mundo.

O Retiro Espiritual e a Transmissão dos Ensinamentos se Complementam

Embora pareça um paradoxo, para poder salvar muitas pessoas neste mundo você precisa se isolar delas. Se não for capaz disso, não será capaz de salvá-las. Isso ocorreu também com Jesus. Naquela época as pessoas o idolatravam e formavam multidões, pedindo que "as salvasse". Milhares de pessoas viviam em volta dele, mas quando sua energia espiritual ficava mais baixa, ele fugia das multidões. Escapava de barco ou se isolava nas montanhas, para ficar sozinho.

Se não se retirasse para algum local tranquilo onde pudesse se isolar, não conseguia recarregar sua energia espiritual; e era impossível conseguir isso no meio de uma multidão barulhenta. Então, ia para um lugar calmo meditar, repor sua energia espiritual, ficando lá até que se sentisse completamente reenergizado. Assim que recuperava suas energias, voltava a se encontrar com as multidões para difundir os ensinamentos. Quando fazia isso, tornava-se uma pessoa diferente, transbordante de energia.

Do mesmo modo, a religião precisa possibilitar que as pessoas recarreguem suas energias espirituais para que depois possam utilizá-las. Se você estiver compartilhando sua luz intensamente com os outros ou lhes transmitindo ensinamentos espirituais, é muito importante reservar um tempo para receber a luz celestial, incluindo na sua vida o hábito de praticar meditação. É por isso que muitos líderes espirituais e religiosos procuram ir para retiros espirituais em montanhas, florestas, em locais silenciosos onde possam ficar longe do contato com o público. Se você não limpar a "sujeira" ou as "impurezas" acumuladas na vida cotidiana, não conseguirá realizar seu trabalho espiritual.

Quem vive neste mundo não consegue escapar das tarefas corriqueiras que ele impõe e precisa se dedicar aos afazeres práticos da vida. Porém, conforme aumenta o tempo gasto nesse trabalho, as qualidades espirituais começam a declinar. Mas fique atento: você também não deve passar o tempo todo meditando, caso contrário não terá condições de lidar com as tarefas mundanas e criará problemas para o seu trabalho.

A religião sempre apresenta esses dois aspectos conflitantes. E quando não os tem, não se trata de uma verdadeira religião. Numa falsa religião, é possível se concentrar em apenas um desses aspectos. Uma religião que não tenha verdadeiramente um lado espiritual, por exemplo, acaba sendo conduzida de uma maneira puramente do ponto de vista materialista.

Os Fundamentos da Comunicação Espiritual

Em contrapartida, há pessoas espiritualizadas que se concentram exclusivamente nos aspectos do outro mundo, como se fossem eremitas, passando o tempo todo isoladas deste mundo. Mas quem passa o tempo todo meditando e treinando sozinho não terá condições de salvar pessoas. Só poderá oferecer salvação a si mesmo.

Sem dúvida, muita gente se sente feliz com esse estilo de vida. No entanto, viver muito tempo em retiro e se concentrar apenas em salvar a si próprio é o mesmo que adotar uma vida de eremita. Quem faz isso geralmente não gosta de se ligar a organizações ou viver em meio a multidões, e no máximo consegue criar um reduzido grupo de simpatizantes, algo como um círculo fechado. Assim, a prática do retiro espiritual e o trabalho missionário de expandir os ensinamentos em larga escala são aspectos da religião que precisam fluir lado a lado. Em minha opinião, este é um tema que os seguidores da Happy Science também precisam continuar se esforçando para aprimorá-lo cada vez mais.

Em tempos passados, antes de fazer uma palestra para um grande público, eu ficava recolhido por cerca de um mês. O máximo que consegui permanecer em retiro espiritual sem nenhum contato com o mundo exterior foi por três meses. No entanto, quando me afasto dessa maneira começam a surgir dificuldades na administração da Happy Science, e quando me concentro para resolvê-las, a energia espiritual que eu havia acumulado pela meditação se esgota. Isso já ocorreu várias vezes: fazer um grande esforço para recarregar a energia espiritual e depois vê-la ser consumida rapidamente.

Como nossa organização continua crescendo muito, toda vez que eu entrava em retiro, ocorriam inúmeros problemas na administração que acabavam causando algum

As Leis Místicas

dano. Com isso, tem se tornado cada vez mais difícil para mim isolar-me dos assuntos deste mundo. Como essa situação já se estende por um longo tempo, não tem sido possível acumular um grande estoque de energia.

Meus dons espirituais me permitem receber mensagens espirituais ou psicografar por escrita direta, de forma contínua, todos os dias. No entanto, tem se tornado cada vez mais difícil escrever uma grande obra por psicografia, do início ao fim, com dedicação integral, de uma única vez, sem ser interrompido pelas ondas de pensamentos deste mundo – como ocorreu, por exemplo, com o sutra fundamental da Happy Science, "Ensinamento Búdico: Darma do Correto Coração".

É difícil encontrar tempo para ficar em retiro espiritual por um longo período e minha energia é consumida para administrar diversos incidentes. Conseguir receber os rituais secretos do mundo celestial mais elevado não é uma coisa tão simples assim. Em geral, para mim não há problema algum em receber mensagens espirituais do mundo celestial; no entanto, as ondas mentais e vibrações densas desta terceira dimensão interferem muito e impedem a conexão profunda com os mundos mais elevados.

No início, conseguia me dedicar por longos períodos para produzir livros inteiros psicografando, mas agora isso é mais raro. Atualmente, não consigo mais ficar isolado o tempo suficiente para concluir um livro inteiro, pois há sempre interrupções de todo tipo.

O crescimento de uma organização espiritual é a concretização do amor de uma maneira tangível neste mundo e, portanto, algo necessário. Ao mesmo tempo, porém, surgem vários problemas relacionados à administração. Portanto, para um líder religioso, uma organização em franca expansão pode constituir um grande risco, pois irá dificultar que consiga se recarregar espiritualmente. A quantidade de problemas e preocupações deste mundo está crescendo muito e atrapalha a comunicação direta com os espíritos dos reinos celestiais superiores, podendo até resultar em linhas cruzadas.

Os Espíritos Divinos Não Conseguem Descer Onde Há um Cerco de Espíritos Malignos

Há muitos casos de médiuns que no início conseguiam se comunicar com espíritos superiores e com o tempo perderam essa capacidade. Quando os médiuns estão em reunião de trabalho com os espíritos, como este mundo é próximo do reino infernal, os maus espíritos sempre estão observando e, com frequência, tentam causar interferências para impedir a comunicação. De que maneira eles conseguem interferir? Uma delas é esperar que o médium fique cansado. Depois que o médium consumiu sua energia espiritual, ele se enfraquece e então os maus espíritos podem entrar nele.

Os maus espíritos também podem se agrupar em bandos de dez, vinte ou trinta em cima do médium, como aquelas pilhas de jogadores de futebol americano, erguendo várias barreiras em volta dele. Quando isso ocorre, mesmo que o espírito superior ou o espírito guardião tenha vindo, o médium não consegue mais captar as mensagens deles. Fica tão densamente rodeado de maus espíritos que o espírito superior não consegue se conectar mais.

Nessas horas, se o médium não puder interromper a comunicação com os espíritos por alguma razão, por exemplo, por fazer da mediunidade seu meio de subsistência, e estiver atendendo alguém numa sessão de trabalho, passará a transmitir ao seu "cliente" as palavras dos maus espíritos. Na maioria das vezes, isso ocorre quando o médium vive uma fase em que está sendo afetado por problemas de sua vida pessoal. Quando não consegue resolver questões cotidianas pessoais, doenças ou está preocupado com algo ou muito apegado a desejos mundanos, é quando corre maior risco.

Em muitos casos, os anjos ou espíritos guardiões não conseguem ajudar quando se forma esse tipo de muralha espiritual maligna sobre um médium, restando apenas ficar observando à distância. Têm surgido muitos grupos religiosos e espiritualistas que, no princípio, eram até bons, mas depois de certo tempo passaram a ser tomados e influenciados por maus espíritos. A força maligna sempre busca esses grupos como alvo, a fim de impedir que seu trabalho siga adiante.

Os Fenômenos Espirituais Consomem Muita Energia do Médium

Nos estágios iniciais do movimento espiritual da Happy Science, comecei a receber diversas mensagens espirituais, por isso defini um limite máximo de duas horas para cada sessão. Muitas vezes, depois de duas horas, "meu poder espiritual se reduzia muito", e Satã e outros demônios começavam a se aproximar para tentar me perturbar. Sabiam que eu estava me comunicando com os espíritos superiores e "tentavam de alguma forma impedir isso". Se eu não dispusesse de energia para afastá-los, teriam ficado por ali, pois estavam determinados a se intrometer no meu caminho.

Quando minhas energias espirituais se esgotavam, se eu não tivesse cuidado, os demônios entravam em cena,

Os Fundamentos da Comunicação Espiritual

imitando as vozes dos espíritos superiores para transmitir mensagens falsas. As canalizações espirituais sofriam interferência dessas mensagens falsas. Numa situação como essa, é muito difícil controlar as condições físicas, por isso estabeleci o limite de duas horas para cada sessão. Mesmo assim, "duas horas seguidas transmitindo mensagens espirituais" já é muito desgastante, e depois desse tempo, um médium comum sentiria uma falta de energia tão extrema que cairia desfalecido no chão.

Na primeira parte deste capítulo, mencionei o "uso do ectoplasma para manifestar um corpo para fantasmas". Do mesmo modo, para criar fenômenos espirituais neste mundo são necessárias quantidades imensas de energia. Também descrevi antes que um espírito é envolto por um "corpo astral", mas, para ser mais preciso, há outro corpo espiritual sutil entre o corpo físico que temos na Terra e o corpo astral que continuamos a usar no Reino Póstumo. Essa camada sutil produz uma leve reação elétrica em volta do corpo e forma uma espécie de energia biomagnética. É como uma aura, e difere do corpo astral. É difícil descrevê-la; é uma espécie de corpo etérico situado na junção entre o corpo astral e o físico.

Quando você realiza um fenômeno espiritual, essa parte do seu corpo fica exaurida. É claro que você também usa parte do corpo astral, mas o corpo etérico é o principal material espiritual utilizado quando ocorre um fenômeno espiritual. Por isso, ao se comunicar com o mundo espiritual e conduzir fenômenos espirituais ou receber mensagens, o médium quase sempre conta com um "círculo de pessoas" para apoiá-lo. Em geral, é um grupo de até dez pessoas que se dispõem a cooperar, que acreditam nos fenômenos espirituais e prestam ajuda emitindo pensamentos amorosos.

Se o médium receber mensagens espirituais contando apenas com sua própria força, logo ficará exausto. Mas, se houver este "círculo de pessoas", a energia fluirá dessas pessoas para ele, como se fossem fios de seda. O médium então conseguirá manifestar vários fenômenos espirituais usando a energia delas. Se uma pessoa tentasse fazer isso sozinha, sua energia espiritual ficaria rapidamente esgotada. A energia de uma pessoa comum se exaure logo, por isso é necessária a ajuda de outras pessoas para manifestar os fenômenos espirituais.

Se um dos participantes da sessão não tem muita noção espiritual ou fé, não acredita na verdade dos fenômenos espirituais e veio como curioso ou disposto a atrapalhar os procedimentos, então a frequência de onda do grupo fica perturbada e os espíritos não conseguem descer. Se alguém do grupo tiver pensamentos perturbadores, o médium não conseguirá reunir energia suficiente e ficará impedido de invocar os espíritos. Quando um materialista ou falso espiritualista participa do grupo, isso gera confusão e quase sempre é impossível a descida dos espíritos.

É comum a presença de pessoas assim, que comparecem com o único propósito de obstruir os trabalhos. E quando o médium não consegue produzir o fenômeno, são as primeiras a proclamar que "a sessão é uma fraude".

Portanto, para se comunicar com um espírito, o médium precisa ter à sua volta pessoas que realmente estejam dispostas a ajudar energeticamente, caso contrário será muito difícil ele transformar a energia dos espíritos superiores em energia deste mundo e emiti-la. É assim que os fenômenos espirituais ocorrem.

Na Happy Science, os praticantes dedicam-se a atividades religiosas externas fazendo a difusão dos ensinamentos;

Os Fundamentos da Comunicação Espiritual

no entanto, quando se trata de proteger espiritualmente nossa organização, percebo que ainda lhes falta força. Existem partes e aspectos que precisam ser protegidos sistematicamente, mas nem todos os seguidores percebem a importância do retiro espiritual. Mesmo nossos monges e missionários ordenados têm diversas obrigações mundanas a cumprir e, portanto, muitas vezes não conseguem reservar tempo para se dedicar à meditação ou a práticas espirituais.

A capacidade de comunicar-se com espíritos superiores é um dom inato recebido especialmente do mundo celestial, mas receber orientação do próprio espírito guardião é algo que pode ser conseguido em vida por meio do esforço pessoal. Entretanto, mesmo as pessoas ativas na religião também têm tarefas a cumprir neste mundo, e geralmente vivem muito ocupadas. Se tiverem uma família para cuidar, terão dificuldade em se isolar da vida mundana. Precisam atender chamadas telefônicas de professores, ler e-mails, atender clientes, vizinhos e amigos e familiares. É praticamente impossível evitar o contato com as pessoas deste mundo.

É por isso que antigamente muitos ascetas, buscadores da Verdade Espiritual, não se casavam. Isolar-se da sociedade é mais fácil para quem não é casado. Aqueles que têm família constituída sentem muita dificuldade em romper com a sociedade ou viver afastado dos outros. Portanto, de fato não é uma tarefa muito fácil encontrar tempo para fazer um retiro espiritual.

Dons Espirituais e a Capacidade de Servir

Antes de Desejar Ser um Canal Espiritual, É Preciso Desenvolver Sua Capacidade de Servir

Se você deseja entrar para o caminho do aprimoramento espiritual, não basta ir a um retiro espiritual e ficar ali praticando meditação. O aperfeiçoamento espiritual para servir aos espíritos elevados não é uma coisa tão fácil assim de se conseguir. Esse é o tipo de esforço incorreto que muitos fazem no princípio.

Tanto no cristianismo quanto no budismo, àqueles que desejam entrar para o caminho espiritual e se tornar monges e missionários, primeiro são atribuídas tarefas diárias e trabalhos mundanos. Só depois que eles provarem ter elevada capacidade para realizar bem essas tarefas é que terão permissão de iniciar seu treinamento espiritual. Caso contrário, os esforços para o treinamento serão perdidos.

Se a pessoa mostra pouco esforço e capacidade no desempenho de tarefas mundanas, por mais que trabalhe para desenvolver sua habilidade espiritual, será como tentar fazer um saco vazio parar em pé: ele só vai parar em pé se tiver algo dentro. Assim, primeiro veja se você tem habilidade para orientar e servir as pessoas, sabedoria para se livrar da influência de maus espíritos e se desenvolveu autoconfiança em função de coisas boas que realizou no passado.

Os Fundamentos da Comunicação Espiritual

Pessoas que não têm essas características são facilmente vencidas por maus espíritos ou pelo demônio. Se não tiverem se disciplinado o suficiente, talvez se sintam orgulhosas das habilidades espirituais, o que as deixará vulneráveis a ataques, permitindo que seu corpo seja tomado por maus espíritos. É bem provável que isso aconteça porque neste mundo os maus espíritos são muito mais comuns do que os espíritos superiores.

Pessoas que não passaram por uma disciplina rigorosa, que não se esforçaram com sinceridade e humildade, que não têm um bom grau de discernimento ou capacidade de servir bem através do trabalho, logo vão ceder às palavras tentadoras dos maus espíritos. Eles costumam se insinuar nas pessoas que estão trilhando uma vida espiritual, e muitas delas não são capazes de perceber que o que estão ouvindo não é correto. Por isso, é vital que a pessoa tenha conhecimento e experiência suficiente deste mundo para ser capaz de discernir e colocar um limite àquilo que venha a ouvir dos espíritos.

No entanto, por paradoxal que pareça, quanto mais conhecimento e envolvimento você tiver com este mundo material, menos sensibilidade espiritual você terá. Esta é a parte difícil. Quanto mais você se mostra capaz nas tarefas mundanas, menos espiritualizado você fica. Só uma porcentagem muito pequena de pessoas é capaz de se sair bem nos dois campos.

Como as mensagens recebidas dos espíritos superiores são muito variadas, é bom que os praticantes sejam instruídos, pois isso lhes dará um vocabulário maior e uma melhor capacidade de expressão para transmitir informações. Mas é comum as pessoas mais instruídas terem dificuldade em acreditar nas questões espirituais. Às vezes seu conhecimento e formação acadêmica vira um obstáculo para sua crença, pois faz com que percam a pureza de coração e sejam incapazes de receber mensagens dos espíritos elevados. O principal desafio é conseguir equilibrar bem as duas coisas.

É preciso ser muito disciplinado para conseguir estudar, adquirir conhecimento e servir bem por meio do trabalho, e ao mesmo tempo permanecer de coração aberto, com sinceridade e humildade, sempre refletindo a respeito de si mesmo, pronto para receber mensagens das dimensões mais elevadas de forma altruísta, sem ser influenciado pelo ego. É necessário equilibrar esses dois aspectos paradoxais, e são poucas as pessoas que conseguem.

Manter Equilíbrio entre o Espiritual e o Material

Uma maneira de resolver essa questão, embora implique algumas concessões, é formar uma equipe com uma pessoa que seja muito boa para administrar assuntos mundanos e que tenha uma compreensão espiritual, e colocando-a para trabalhar junto com uma pessoa pura e com habilidades espirituais. Esse método é comumente usado pela maioria das religiões.

"Algumas pessoas são desembaraçadas ao lidar com questões terrenas e também receptivas à espiritualidade e à religião. Se aceitarem bem que não conseguirão alcançar grandes níveis de espiritualidade, poderão se sentir satisfeitas em dar apoio nos assuntos mundanos a uma pessoa mais espiritualizada." Assim, pessoas com habilidade mundana poderão ser colocadas para trabalhar junto com "pessoas profundamente mergulhadas no mundo espiritual", ajudando-as a resolver as questões mundanas e evitando o risco de não contar com a proteção de alguém.

Os Fundamentos da Comunicação Espiritual

Se o poder dessas duas pessoas for equilibrado, elas serão capazes de criar um bom grupo religioso e desenvolvê-lo; mas, se o equilíbrio se perder, então a religião ficará desencaminhada. Se uma organização religiosa se tornar espiritual demais, começará a promover rituais estranhos enquanto grupo e, se ficar terrena demais, suas atividades religiosas irão virar quase um negócio comercial. É muito importante conseguir esse equilíbrio. É essencial para uma organização religiosa contar com pessoas que "se esforcem para contribuir com seus pontos fortes e, ao mesmo tempo, procure compensar suas fraquezas".

Em geral, a capacidade para os negócios requer uma espécie de poder psicocinético que permita expressar ativamente a determinação de criar ou realizar algo. O mesmo pode ser dito da capacidade de argumentação. Por outro lado, a capacidade espiritual requer sobretudo um poder receptivo, exigindo que você seja muito acolhedor, calmo, passivo e receptivo.

É difícil harmonizar uma natureza ativa com uma passiva. Uma pessoa ativa raramente se abre para receber inspiração, enquanto uma pessoa passiva pode recebê-la com frequência, mas tenderá a não agir. Saber combinar essas duas capacidades exige um certo esforço. Não é possível receber inspiração espiritual sem ser passivo, mas uma pessoa passiva muitas vezes é incapaz de resolver questões mundanas e se mostra bastante atrapalhada. Alternar essas duas coisas não é fácil, por isso você "precisa descobrir qual dessas qualidades é mais forte em você", conhecer seus limites e procurar servir os outros de acordo com isso. Se não tiver um lado ativo, uma organização não vai crescer. Para expandir o trabalho de salvação, a capacidade de propor e de propagar ensinamentos é vital, mas na sua essência uma religião também precisa ter o lado passivo e receber inspirações.

Às vezes sinto que é necessário ir para algum retiro espiritual para receber luz, e isso vale para todos os missionários e monges da Happy Science. Você precisa criar condições para poder receber a luz do seu espírito guardião e dos seus espíritos guias. Se não fizer isso e tentar ficar fazendo trabalhos espirituais, cerimônias ou transmitindo ensinamentos sem se recarregar espiritualmente, sua mente ficará influenciada pelos pensamentos tumultuados e emoções deste mundo. Nesse caso, você estará emitindo apenas as "ondas beta", mais grosseiras. Se não emitir "ondas alfa" – ondas meditativas –, será incapaz de receber orientação ou energia espiritual.

As "ondas beta" são aquelas que você costuma emitir quando realiza alguma tarefa deste mundo. Esse tipo de onda é emitido pela mente quando se está trabalhando, atendendo telefonemas, manuseando documentos ou fazendo reuniões. Nesse tipo de ambiente, não há como os espíritos superiores descerem até você. Os únicos espíritos capazes de descer nessas condições são aqueles dotados de forte poder psicocinético. Como já ensinei antes, os espíritos que vivem perto da dimensão terrena são bons para criar fenômenos físicos, e esses espíritos com alto poder psicocinético conseguem descer enquanto você está bastante ativo, mas os espíritos superiores, que enviam mensagens reveladoras, geralmente não.

Portanto, para poder receber mensagens espirituais, é fundamental estar num estado de "relaxamento", "paz de espírito", "tranquilidade" e manter um "silêncio sagrado". Enfim, é importante compreender que, numa religião, exige-se sistematicamente tanto o aspecto ativo como o aspecto passivo.

A Religião Tem Duas Tarefas Principais: Recarregar a Energia Espiritual e Ensinar as Pessoas

Neste capítulo, abordei o "Princípio da Comunicação com o Mundo Espiritual". Gostaria de destacar que "a religião tem duas tarefas principais": recarregar a energia espiritual e promover a difusão dos ensinamentos espirituais. Ou seja, uma das tarefas é recarregar a energia espiritual, receber mensagens espirituais e luz; a outra é traduzir essa luz em linguagem terrena e propagá-la. Não basta fazer só uma delas. Ambas são necessárias.

Se possível, você deve dividir seu tempo e escolher lugares diferentes para experimentar cada uma dessas capacidades. Mas, se sentir que só "tem aptidão inata para uma delas", então "concentre-se naquilo em que você é mais forte e deixe o lado mais fraco para alguém com mais habilidade nisso". É importante que você pense dessa maneira e crie o seu estilo.

Se uma religião só cumprir uma dessas tarefas, vai acabar desmoronando. As duas são necessárias. Quanto mais uma religião cresce e se expande exteriormente, mais energia ela precisa obter internamente por meio de retiros espirituais. Na Happy Science, por exemplo, à medida que os templos locais se tornam mais ativos na propagação dos ensinamentos, estão sendo criadas muitas oportunidades de aprimoramento espiritual, onde se pode recarregar espiritualmente e praticar meditação nos seminários, em especial para os discípulos e missionários.

Não é possível apenas expandir sem se desenvolver internamente. Se uma religião crescer apenas externamente, não será muito diferente de uma empresa. Inversamente, se a religião crescer apenas nos aspectos internos, sem trabalhar para expandir os ensinamentos para as pessoas, não será capaz de cumprir sua missão de luz aqui na Terra. Se você não exercer influência no mundo externo e passar todo o seu tempo em retiros, seu esforço será desperdiçado. As duas tarefas são necessárias.

É impossível realizar tarefas terrenas e, ao mesmo tempo, manter ondas alfa[13]. A maioria das pessoas que se destaca no trabalho emite ondas beta. Então, quando é que emitimos ondas alfa? Quando escrevemos um poema, por exemplo, e ficamos esperando passivamente que as palavras adequadas surjam na nossa mente. Nessas horas você permanece aberto, escolhendo as palavras, e sua mente fica próxima do estado alfa. Ao contrário, quando você está ao telefone, negociando com clientes, passa a operar no modo beta. Sem dúvida, é importante receber elogios por seu trabalho neste mundo, mas isso é muito diferente da realização de um trabalho espiritual.

---

13. Recentemente, além de "ondas alfa", outras ondas mentais foram classificadas como "teta" e "delta". Concordo com essas noções, pois há uma sutil diferença entre ondas alfa (estado de relaxamento), ondas teta (estado sonolento) e ondas delta (estado de sono profundo).

Os Fundamentos da Comunicação Espiritual

Quando sua mente está no modo vibracional beta, os espíritos superiores não têm como enviar mensagens diretamente a você. Quando muito, você consegue se comunicar com eles apenas por meio de seres espirituais mediadores dos reinos mais próximos da Terra, fazendo-os levar a mensagem até eles, por via indireta. Além disso, quando sua mente se habitua demais ao modo beta, você fica sujeito à possessão por maus espíritos e eles podem tomá-lo; portanto, é preciso ter cuidado.

Os princípios que regem o funcionamento das religiões são, portanto, muito diferentes daqueles vigentes nos negócios ou nas empresas. Quem atua nos negócios geralmente entra em alfa apenas nos fins de semana, ou depois que volta para casa, ou quando se dedica a lazer, viagens ou faz uma caminhada; porém, numa religião, manter um estado meditativo e ficar no modo alfa também é uma tarefa importante. Assim como conversar com outras pessoas e resolver problemas terrenos também têm sua importância. Por favor, entenda que "o trabalho de uma religião fica incompleto, a menos que ela consiga abranger esses dois elementos contraditórios".

Capítulo Quatro

O Poder do Ocultismo

Libere o Poder Que o Pensamento Comum Está Bloqueando

O Que É Ocultismo?

O Significado Original de "Oculto"

Neste capítulo, vou dar uma visão sobre o assunto "ocultismo". Atualmente, a palavra "oculto" não é vista com uma boa imagem; pensa-se em fenômenos sobrenaturais misteriosos e contos de fantasmas assustadores, mas aqui vou abordar o tema do ponto de vista religioso, sem usar a palavra em seu sentido negativo.

Na terminologia atual, ocultismo equivale a "misticismo" ou "pensamento místico", mas originalmente significava "algo secreto" ou "mantido em segredo". A palavra "oculto" tem um sentido muito profundo, de preservação dos segredos da religião, daqueles não revelados sobre Buda ou Deus, mantidos como segredos que embasam a fé religiosa. Representa a Verdade oculta ou que deve ficar oculta. Que verdades são essas que precisam ser mantidas em segredo?

No ano de 2000 lancei o filme *As Leis do Sol*, baseado num livro que escrevi que tem o mesmo nome. A maioria das pessoas criadas e educadas na sociedade atual que assiste ao filme ou lê o livro se surpreende com as revelações contidas neles, pois mostram verdades que elas nunca aprenderam ou estudaram antes em nenhum lugar.

Na realidade, há muitas verdades que as pessoas desconhecem porque não há nenhum lugar onde possam aprendê-las. Elas também não possuem sequer um alicerce básico de informações para compreendê-las. E não é porque não tenham obtido o conhecimento necessário; é que seu conteúdo foi mantido em segredo. E por quê? A resposta de certo modo envolve uma questão filosófica, mas por outro lado trata-se de um assunto religioso muito importante, que transcende a filosofia.

O Mundo em Que Vivemos Não É o Verdadeiro

Todos os seres deste mundo vivem segundo certas regras. Vamos supor que você cria peixinhos dourados num aquário. O aquário tem plantas aquáticas e cascalho no fundo. Os peixes nadam dentro do recipiente e vivem da comida que recebem. O mundo em que vivemos é bem parecido com esse aquário: é um mundo limitado, governado por regras. Aos peixes do aquário nada mais resta a não ser viver de acordo com essas regras, e elas não podem ser mudadas.

Os peixes que estão nadando na água encontram uma barreira de vidro. Não podem ir além dela. Mesmo que nadem para qualquer direção, vão encontrar outras barreiras de vidro que não poderão atravessar. Abaixo deles há o chão do aquário, similar ao solo deste mundo terreno, e por mais que tentem também não conseguirão romper essa barreira e atravessá-la. Um aquário tem um tamanho definido, e é impossível sair dele; tem limites físicos que não podem ser superados. É claro, a parte de cima é aberta, mas os peixes são incapazes de voar, e de qualquer modo sabem que não podem sobreviver fora d'água.

Tudo o que eles têm no seu mundo é um piso coberto de pedrinhas brancas, algumas plantas, um misterioso suprimento de comida e os demais peixes, com quem passam a vida inteira. Talvez conversem entre si e comentem: "Este nosso mundo, dentro do aquário, é o único real. Não sabemos nada sobre o mundo lá fora". De fato, podemos imaginar que eles não fazem a menor ideia do que há além do seu mundo, e não têm coragem de sair e explorar.

Mesmo que um dos peixes dissesse que já saltou no ar e viu o mundo lá fora, os outros não iriam acreditar. "Você teve apenas um vislumbre fugaz ao saltar", iriam dizer. "Nunca ninguém explorou o mundo lá fora e voltou vivo para contar como é." Eles poderiam muito bem dizer isso e seria algo difícil de rebater, já que eles sempre viveram dentro do aquário. Para os peixinhos dourados, o mundo fora do seu aquário é irreal – é um mundo da imaginação. Pois a nossa vida neste mundo terreno tridimensional é muito parecida com isso.

De fato, na opinião dos peixinhos tudo isso parece bem razoável, o que é muito difícil de contestar vivendo dentro do aquário. Suponha que um dos peixes de repente criasse asas e fosse capaz de sair do aquário. Se esse peixe alado voasse, explorasse o mundo exterior e voltasse para contar aos outros o que havia visto, o que ele diria? Seja o que fosse, provavelmente os outros peixes "não conseguiriam acreditar" no que ele dissesse, iriam criticá-lo ou ignorá-lo. Essa situação é bem semelhante à posição em que a religião se encontra hoje em dia.

Voltando ao exemplo do aquário: e se todos os peixes quisessem explorar a verdade e saltassem todos para fora do aquário, será que ficariam felizes e compreenderiam a verdade? Acho que não. Se saltassem todos para fora, não conseguiriam mais voltar. O mundo fora do aquário é vasto e ilimitado; é o mundo verdadeiro. Mas os peixes "não são capazes de viver fora do aquário, e, portanto têm de ficar dando voltas, nadando sob o peso da água". Estão presos a essa condição absoluta que governa sua vida.

É exatamente nessa situação em que os seres humanos se encontram. Por mais que se fale do mundo verdadeiro, as pessoas não dão ouvidos porque não conseguem compreendê-lo, "porque é diferente do mundo em que vivem". Se os peixinhos dourados tentassem virar habitantes do mundo exterior, morreriam. Só iriam conhecer o mundo exterior quando sua vida tivesse terminado. Se estivessem dispostos a morrer, conseguiriam visitar o mundo exterior; se aceitassem a morte, poderiam sair do aquário.

Sem dúvida, "seria terrível" se os humanos precisassem morrer para compreender o mundo verdadeiro. É por isso que surgem algumas exceções e, assim como o caso do peixinho voador, sempre aparece alguém com dons especiais, que visita o outro mundo e volta para contar aos outros, embora eles se mostrem incrédulos em relação às suas histórias.

Depois de certo tempo, surge outra pessoa e faz um novo relato sobre o mundo verdadeiro. É desse modo que o conhecimento do mundo verdadeiro, a semente da verdade, permanece neste mundo. Ao longo da história, sempre há pessoas desse tipo para falar aos outros sobre o mundo verdadeiro. As pessoas ouvem "meio incrédulas", mas refletem a respeito. É esta a situação que vem se mantendo.

Então, por que a existência do mundo espiritual deveria ficar oculta das pessoas? Porque quando as pessoas são capazes de compreendê-lo totalmente, não pertencem mais a este mundo. A verdade oculta só fica óbvia quando a pessoa morre. "Viver neste mundo" é como "viver dentro de um aquário"; "nós vivemos num lugar que fica isolado do mundo verdadeiro".

Por Que as Pessoas Nascem neste Mundo

Algumas pessoas podem perguntar, antes de mais nada, "por que havia necessidade de separar este mundo do outro". Mas, se você examinar isso do ponto de vista do mundo espiritual, compreenderá que "aqui é um lugar muito bom para o treinamento da alma".

O mundo espiritual é um mundo de liberdade total, mas vivendo lá, é difícil compreender essa liberdade. Você somente entenderá o valor da liberdade espiritual depois de experimentar nascer na Terra. Por isso, apesar dos sofrimentos que encontra, você vai desejar renascer aqui muitas e muitas vezes. Da mesma forma como há pessoas que gostam de correr na maratona, apesar de ser sofrida, ou pessoas que gostam de nadar, apesar do esforço exigido; "elas continuam praticando porque querem testar como se sairão dentro de um conjunto definido de regras". Apesar do sofrimento causado ao corpo depois de correr, nadar ou lutar judô, as pessoas não desistem de praticar o esporte, porque elas "desejam conhecer suas forças, superar obstáculos e testar seus limites. Querem verificar se possuem alguma deficiência, superá-las, aperfeiçoar-se e tonar-se respeitadas pelos outros".

É por essa razão que as pessoas nascem neste mundo especial. Tal sistema pode parecer estranho, mas o fato de apenas vivermos um período limitado de tempo neste mundo mostra que o Buda Eterno ou Deus não o concebeu com a intenção de punir-nos ou nos fazer sofrer. Seria um castigo "se tivéssemos de viver aqui na Terra para sempre, enquanto existe um mundo espiritual onde seríamos livres". No entanto, o tempo que passamos na Terra é muito limitado.

Os humanos conseguem viver por volta de cem anos, e os animais um período de vida bem menor. Os insetos vivem menos ainda, em geral um ano. "Pelo fato de estar aqui apenas por um período limitado, não é possível compreender todas as Verdades. É exatamente por não compreender que é preciso se esforçar para entendê-las. Só que por viver espiritualmente cego, o indivíduo enfrenta inúmeras adversidades. Isso, porém, lhe dará uma bagagem de experiências e fortalecerá sua alma. É como escalar uma montanha; você se dispõe a enfrentar dificuldades para aprimorar sua alma."

Este é o ponto de vista que você deve adotar ao pensar em misticismo e ocultismo. Da perspectiva desse mundo material, o mundo espiritual pode parecer um lugar estranho, no qual apenas um pequeno número de pessoas acredita. Às vezes parece assustador e muito distante, mas visto de outro ângulo, o mundo espiritual é o verdadeiro, e é este nosso mundo que se mostra muito estranho.

No nosso mundo, é impossível viver sem oxigênio – morre-se em poucos minutos. No entanto, no mundo espiritual não precisamos dele. Lá não se morre se não houver ar. Neste mundo, não se vive sem comida, mas no outro, ninguém morre por não se alimentar. Realmente, este mundo terreno é como se fosse um aquário, e as pessoas deste daqui são como os peixinhos dourados. Vivemos num mundo que tem características especiais.

Portanto, embora você agora viva sob as regras deste mundo, enfrentará dificuldades se esquecer totalmente o mundo espiritual original. É por isso que precisamos continuar informando as pessoas sobre o mundo além, o mundo aberto. Meu grupo de almas está profundamente envolvido nesse trabalho.

# A História do Ocultismo Ocidental

A Filosofia de "Thoth-Hermes" Conhecida no Antigo Egito

A origem do ocultismo ocidental remonta ao Antigo Egito e aos gregos. No Egito há muitas referências a "Hermes Trismegisto (Hermes, o Três Vezes Grande)" ou à filosofia "Thoth-Hermes". Thoth e Hermes são entidades diferentes, mas na mitologia egípcia os dois são tratados como um só ser e, embora não se saiba a razão disso, o fato é que o mito foi sendo passado dessa forma até os dias atuais.

Assim como é ensinado na Happy Science, Thoth, que nasceu na Atlântida, e Hermes, que nasceu na Grécia, são a mesma entidade espiritual. Por isso Thoth-Hermes representa a mesma entidade. Para compreender isso é preciso conhecer o sistema de almas irmãs. Em outras palavras, Hermes é uma reencarnação de Thoth, e as duas almas irmãs fazem parte de um grupo de almas irmãs que formam uma mesma consciência espiritual.

Embora Thoth tenha surgido na Atlântida, tornou-se amplamente conhecido no Egito como o "deus" Thoth, pois era considerado o deus da sabedoria, do conhecimento, da tecnologia e da arte. Thoth é tido como o inventor do estudo acadêmico e criador de uma linguagem especial, além de várias formas de arte.

A moderna egiptologia calcula que "as pirâmides egípcias e a Esfinge têm cerca de três a cinco mil anos de idade", ou seja, foram criadas entre mil e três mil anos antes de Cristo. Assim, para os egiptólogos as antigas civilizações existiram no Egito "há cerca de cinco mil anos, e eles duvidam da existência de qualquer civilização antes desse período".

No entanto, o fato de Thoth, que era uma pessoa que realmente viveu na Terra, ser considerado hoje um deus mitológico mostra que ele existiu há muito mais tempo. Se tivesse sido apenas um homem que viveu há quatro ou cinco mil anos, seria muito difícil ser reconhecido e chamado de deus. Pessoas que viveram há três ou quatro mil anos são conhecidas ainda hoje por seus nomes verdadeiros, como o faraó Khafra ou Amenhotep IV (Akhenaton). Se Thoth tivesse vivido na mesma época desses reis, não seria visto como um deus. O fato de aparecer entre os deuses da mitologia indica que viveu muito tempo antes.

Embora os arqueólogos não tenham chegado a um consenso, pesquisadores de renome com inclinação ocultista relataram recentemente que a famosa Esfinge e algumas das pirâmides datam de dez mil anos atrás, o que significa que foram construídas na mesma época em que o continente de Atlântida desapareceu sob o mar[14]. Como prova disso, há o fato de que a Esfinge, segundo afirmam alguns, mostra sinais de erosão por água, causada por grandes precipitações de chuva. Hoje a Esfinge ergue-se num deserto e, embora faça sentido que ela tenha sido

---

14. Ver Graham Hancock, *Fingerprints of the Gods* (Nova York, Crown Publishing).

erodida pelo vento, mostra sinais que apontam sem erro para chuva. Isso seria impossível no Egito do modo que se apresenta hoje, e só pode significar que a Esfinge está ali desde uma época em que o país tinha um clima quente, com grandes precipitações de chuva.

Portanto, quando deve ter sido isso? A Era Glacial continuou até pouco mais de dez mil anos atrás e, por um período de vários milhares de anos depois disso, houve um clima temperado quente, quando ocorreu nova mudança climática que transformou o Egito num deserto. Isso indica que a "Esfinge deve ter sido construída durante o período de clima temperado, o que leva a crer que tenha muito mais de cinco mil anos de idade. Na melhor das hipóteses, a erosão deve ter ocorrido entre cinco e sete mil anos atrás e, portanto, a Esfinge pode ter sido construída antes disso ainda. Provavelmente tem entre sete e dez mil anos"[15].

Como revelei no livro *As Leis do Sol*, também havia pirâmides em Mu e na Atlântida. Esses povos construíam pirâmides nessa época e sua filosofia foi transmitida aos egípcios. Enquanto as do Egito são feitas com imensas pedras, na época de Mu e da Atlântida as pirâmides eram construídas com outros materiais. As pirâmides do Egito são de fato o resultado da transmissão da filosofia das pirâmides da Atlântida.

Os egípcios acreditam que o deus da sabedoria é Thoth e que toda a sabedoria que existiu no Egito veio dele. Na realidade, Thoth era um deus da Atlântida, que combi-

---

15. Ver Robert M. Schoch e Robert Aquinas McNally, *Voices of the Rocks*; John Anthony West, *Serpent in the Sky*.

nado com Hermes ficou conhecido como "Hermes Trismegisto", o três vezes grandioso Hermes. Assim, a filosofia de Hermes, na Grécia, combinada com a filosofia de Thoth, na Atlântida, produziu a filosofia do Egito Antigo.

A Filosofia de Hermes Deu Origem à Filosofia Ocidental

Antes do cristianismo, predominava no Egito Antigo outro tipo de pensamento religioso. As pessoas erguiam pirâmides e acreditavam na reencarnação. Para elas, "os mortos voltavam a nascer", portanto, como preparação à sua ressurreição, eles criavam múmias, enfeitavam os túmulos e construíam casas para os mortos.

Os antigos egípcios também acreditavam piamente que "o Egito era a projeção na Terra do reino celestial existente no mundo espiritual". Para eles, a existência do outro mundo era um fato irrefutável, e entendiam claramente que os humanos eram seres que iam e vinham entre este mundo e o outro". Esses ensinamentos sobre o mundo espiritual foram na verdade compilados por Hermes e transmitidos através de seus escritos herméticos, o que ficou conhecido como "Hermetismo", que ainda subsiste até os dias de hoje.

A filosofia de Hermes influenciou bastante o cristianismo, e boa parte da ideologia cristã tem raízes nessa filosofia egípcia. "O cristianismo dá grande ênfase à ressurreição de Cristo após a morte na cruz", e embora esse conceito de ressurreição pareça ser original, é parte da filosofia egípcia, que afirma que "todos os mortos ressuscitam".

Como para os egípcios os mortos ressuscitariam, eles mumificavam os corpos dos defuntos. No entanto, o significado de ressurreição era um pouco diferente. As múmias eram símbolo da ressurreição, não porque a múmia se levantaria e sairia andando, mas porque as almas dos mortos ressuscitariam no outro mundo e voltariam a renascer neste mundo.

Assim, a filosofia egípcia foi incorporada ao cristianismo e se tornou um de seus princípios mais profundos. A filosofia de Thoth foi combinada com a de Hermes e ficou mais forte, ganhou impulso e acabou influenciando a filosofia do Egito, de Israel e, por fim, pode ser encontrada no pensamento que flui pela Europa moderna.

A filosofia de Hermes, que ensinava as doutrinas secretas do mundo espiritual, tornou-se a base do misticismo do Egito Antigo e também influenciou a filosofia mulçumana, onde surgiram correntes menos visíveis, ligadas ao misticismo esotérico. Esta é a mesma filosofia que influenciou o cristianismo. A filosofia de Hermes também circulou pela Europa. Ali surgiram muitas filosofias místicas, desde a Idade Média. Certamente todas as pessoas já ouviram falar da ordem mística Rosa-cruz ou da Maçonaria. Ainda hoje, a antiga filosofia de Hermes está sendo transmitida nessas sociedades secretas, a respeito do misticismo e do mundo espiritual. Então, dessa forma, o pensamento hermético tem influenciado o pensamento ocidental.

A Filosofia de Hermes É a Base da Ciência Moderna

A filosofia de Hermes não influenciou só a religião e a espiritualidade, mas também se tornou a base da ciência moderna. Hermes ensinava o heliocentrismo – "teoria segundo a qual o Sol é o centro do universo, e todos os planetas giram em torno dele". Para ser mais exato, esse conceito tem sido transmitido pela filosofia Thoth-Hermes e é conhecido desde antes do nascimento de Cristo.

No campo da ciência empírica, acreditou-se por muito tempo que "a Terra era o centro do universo e que todos os planetas giravam ao seu redor". A maioria dos astrônomos do passado apoiava a teoria do geocentrismo de Ptolomeu e acreditava que a Terra estava no centro.

Só bem mais tarde é que Nicolau Copérnico (1473-1543) propôs a tese de que a Terra circula, na verdade, em torno do Sol, e a filosofia de Hermes está implícita nesta teoria. Hoje a ideia do heliocentrismo é aceita como verdade, graças aos esforços de muitos cientistas para prová-la ao longo dos séculos.

As ideias do cientista Isaac Newton (1643-1727) também foram muito influenciadas pela filosofia de Hermes. Na era moderna, William Harvey (1578-1657) desenvolveu "a teoria da circulação sanguínea" e, antes disso, Michael Servetus (1511-1553) propôs a teoria da circulação pulmonar, com base no conceito de Hermes do "tempo cíclico".

O conceito de Hermes do tempo cíclico afirma que "o tempo progride de maneira cíclica e evolui num movimento circular". A fim de provar esse conceito, os cientistas utilizaram-no como base de seu trabalho e conceberam a teoria da circulação sanguínea. Ou seja, de certo modo até mesmo a ciência moderna foi influenciada pela filosofia do mundo espiritual.

Quando falamos em ciências naturais, o primeiro nome que vem à mente é o de Aristóteles. "Ele é considerado o pai da ciência natural, que depois floresceu e deu origem à ciência moderna" como a conhecemos hoje. Embora Aristóteles tenha valorizado muito as provas lógicas e a argumentação, ele não gostava de provas matemáticas. Como resultado, embora os cientistas tenham adotado sua filosofia, não puderam contribuir para o desenvolvimento das ciências naturais contemporâneas, que se apoiam substancialmente em provas matemáticas.

Na realidade, porém, a ciência natural baseada na matemática tem raízes na filosofia de Hermes. Ela foi transmitida do Egito para a Grécia, onde exerceu forte influência em Pitágoras e outros matemáticos gregos.

A filosofia de Hermes pode ser classificada como parte do ocultismo, mas exerceu também grande influência sobre a ciência moderna e tem alguma afinidade com ela. Embora possa parecer estranho, a filosofia de Hermes combina aspectos ambivalentes tanto do ocultismo quanto da ciência.

O mesmo vale para a Atlântida. Embora o misticismo tenha influenciado muito a sociedade da Atlântida, ela era também muito avançada em tecnologia. Em Mu também foram feitos grandes avanços quando o misticismo predominou. Ambas as civilizações combinavam esses dois aspectos.

Essa dualidade também pode ser encontrada nos ensinamentos de Buda Shakyamuni. Não há dúvida de que ele era um místico, pois ensinou sobre como atingir a iluminação do mundo do coração, isto é, espiritual, de modo a combater os espíritos malignos. Ao mesmo tempo, ele possuía uma filosofia prática e racional para lidar eficazmente com questões materialistas. A dualidade de misticismo e racionalismo é uma das características de El

Cantare; essa dualidade oferece uma maneira de pensar fundamental no que se refere às atividades de toda a vida na Terra.

El Cantare "deseja que a vida neste planeta seja uma experiência significativa para os seres humanos"; então, transmite filosofias que são realistas e práticas para a vida na Terra. No entanto, para evitar que as pessoas sejam absorvidas demais pelas questões terrenas e neguem completamente o outro mundo, El Cantare também oferece a essência do misticismo e do ocultismo espiritual como um valor contrastante. É por isso que El Cantare representa essas duas facetas neste mundo.

Os poderes espirituais ou os fenômenos sobrenaturais devem fundamentalmente "ser mantidos ocultos", e serem manifestados somente quando for necessário mexer com a razão das pessoas. Quando as pessoas ficam muito apegadas à razão, acabam pensando apenas neste mundo; nesse caso será necessário de vez em quando manifestar fenômenos espirituais, milagres e outros incidentes misteriosos; para dar uma sacudida na razão.

3
Os Óvnis e a Ciência do Mundo Espiritual

Os Óvnis Utilizam o Mundo Espiritual para se Deslocar

Nos últimos anos, os avistamentos de óvnis tornaram-se bastante frequentes. Os óvnis visitam a Terra desde os tempos antigos, mas atualmente o número de avistamentos aumentou consideravelmente. A razão é que desde que o homem se tornou capaz de voar, sua visão do céu ou do espaço mudou. No passado, esses avistamentos seriam considerados lendas ou coisas divinas, mas hoje são vistos como acontecimentos reais. As migrações de seres de outros planetas estão sob controle e dependem de aprovação de Rient Arl Croud, do Grupo Espiritual de El Cantare, que detém a chave do intercâmbio dos óvnis no espaço sideral.

Segundo muitos dos relatos sobre óvnis, eles aparecem e desaparecem, ou se movem como fantasmas. Vêm e vão aleatoriamente, e ficam piscando pelo céu. Um óvni pode ser detectado no radar quando se encontra em estado visível, mas pode ficar invisível e não ser mais detectado pelo radar. É um fenômeno estranho. Segundo as leis deste nosso mundo, "se um objeto pode ser capturado por um radar, é porque se encontra em determinado local. Do mesmo modo, não se explica por que um objeto que não está sendo captado pelo radar de repente aparece e passa a ser detectado".

É exatamente isso que ocorre com um óvni: ele aparece e some do radar, de modo intermitente. Os óvnis operam no mundo tridimensional, portanto, não se trata de objetos que existem somente nas dimensões do mundo espiritual. Pertencem a seres que têm um pé aqui no mundo tridimensional. O que ocorre, na verdade, é que os habitantes de outros planetas sabem como viajar utilizando rotas que passam pelo mundo espiritual. Assim, conseguem viajar entre este e o outro mundo por essas rotas; isso mostra o alto nível que a sua tecnologia científica alcançou.

Nossa tecnologia aqui na Terra também está bem próxima de conseguir isso, mas antes precisa dar mais um passo importante no pensamento teórico. O problema é que a maioria dos cientistas ainda não acredita que "seja possível que objetos deste mundo se tornem objetos que não sejam deste mundo".

A razão é que ainda não concluíram se as "partículas elementares" são matéria ou não. No entanto, matéria e energia são equivalentes, como se pode depreender da equação $E = mc^2$ (energia = massa x [velocidade da luz]^2); assim, matéria e energia podem ser convertidas à paridade. Portanto, em termos científicos, "matéria é energia e energia é matéria".

Os cientistas ainda estão estudando todas as implicações desta equação. Eles têm dificuldade em compreendê-la totalmente porque encaram a energia como algo pertencente apenas a este mundo. Mas, se aplicarem a lei também ao mundo espiritual, serão capazes de entender que a "energia luminosa do mundo espiritual pode materializar-se e converter-se em matéria neste mundo. Em outras palavras, a energia pode aparecer como matéria neste mundo, e pode também desaparecer de novo". Segundo a lei que permeia este mundo e o mundo espiritual, "matéria e energia são de fato intercambiáveis".

A não ser que os cientistas também levem em conta o mundo espiritual, terão dificuldade em compreender essa teoria. Por exemplo, "se alguém faz aquele número de entortar uma colher e ela se parte", um cientista não irá acreditar, e dirá que o desaparecimento de matéria teria criado uma grande explosão, como a de uma bomba atômica, com liberação de imensa quantidade de energia. Os cientistas acham que é impossível uma parte da colher desaparecer sem uma imensa liberação de energia. Isso pode ser verdadeiro para a ciência deste mundo, e por isso "é tão difícil os cientistas entenderem". Mas a ciência deverá avançar mais um passo no próximo estágio.

À medida que a ciência continuar a explorar e a esclarecer as verdades sobre espaço, óvnis e seres extraterrestres, acredito que irá conceber também a tecnologia para transcender os limites entre este mundo e o mundo espiritual. Tenho a impressão de que grande parte desta verdade será descoberta ainda no século 21. Já há seres que viajam pela quarta dimensão para visitar a Terra, portanto, este deverá ser o próximo objetivo dos estudos e pesquisas.

No mundo espiritual, a distância não existe. Seus habitantes podem sentir ou imaginar que existe uma distância entre lugares e objetos, mas na realidade ela não existe. Portanto, se alguém viajar pelo mundo espiritual, poderá ir da Terra até a Lua, Marte ou mesmo para algum lugar fora do sistema solar ou da Via Láctea num piscar de olhos.

A distância em linha reta entre dois locais pode ser muito longa neste nosso mundo, mas se você viaja pela quarta dimensão ou acima dela, as distâncias deste mundo não são mais o que pareciam. Por exemplo, digamos que uma pessoa corre os cerca de 42 quilômetros de uma maratona em linha reta. Essa distância é um dado objetivo que não pode ser mudado. A única maneira de encurtar o tempo necessário para percorrê-la é usar um meio de transporte mais rápido, como uma bicicleta, um carro ou até mesmo um helicóptero. É por isso que neste mundo os cientistas se esforçam para produzir veículos mais rápidos, como foguetes, a fim de encurtar o tempo de viagem.

No entanto, se os cientistas usassem a ciência do mundo espiritual, conseguiriam curvar o que parece ser uma linha reta e ligar as duas extremidades para criar um círculo. Então, se determinarem um destino espiritualmente, poderão unir o ponto de partida e o de destino, e viajar a qualquer parte num instante. É assim que funciona no mundo espiritual e, por esse motivo, seus habitantes não compartilham do conceito tridimensional de distância.

Para poder viajar pelo mundo espiritual é preciso contar com tecnologia *warp* – tecnologia de dobra espacial –, e também com uma consciência mais elevada, que permita compreender e aceitar o mundo espiritual. Talvez fosse mais rápido obter essa tecnologia *warp* de seres extraterrestres, mas mesmo que isso não seja possível, estou certo que acabaremos desenvolvendo nossa própria tecnologia para viajar a outras dimensões. Teorias científicas recentes afirmam que a tecnologia *warp* é impossível, mas isso é incorreto; os cientistas deverão ir além da perspectiva tridimensional.

Os seres extraterrestres viajam por outras dimensões em suas naves espaciais e vêm visitar a Terra. A distância de seus planetas até aqui é de vários anos-luz, por isso, se viajassem pela terceira dimensão, ficariam velhos demais para poder voltar para casa a tempo. Mas, viajando por outras dimensões, podem chegar instantaneamente.

Quando uma nave espacial atravessa outra dimensão, os passageiros também ingressam nesta outra dimensão e, embora possam sentir que seus corpos não mudaram, de um ponto de vista objetivo seus corpos estão num estado totalmente diferente. Quando um corpo de um mundo de matéria viaja por outra dimensão, ele é "traduzido" para a energia da luz. Não só a nave espacial, mas também os passageiros são transformados em energia. Em outras palavras, são como almas ou energia viva. Enquanto atravessam outra dimensão, os alienígenas são transformados em corpos de energia, mas eles sentem como se tivessem o mesmo corpo.

É desse modo que os extraterrestres viajam entre os planetas. Mesmo que não seja possível adquirir toda esta tecnologia científica ainda no século 21, tenho certeza de que muita coisa a respeito desse mecanismo será esclarecida nesse período.

Várias Espécies de Extraterrestres Visitam a Terra

Várias espécies de extraterrestres têm vindo visitar a Terra viajando por outras dimensões, e é difícil calcular quantas já estiveram aqui. As mais parecidas com os humanos lembram a raça branca; têm pele clara, cabelo loiro ou prateado e nariz reto. São similares aos terráqueos e acho que seus corpos se adaptaram de uma maneira bastante próxima da humana.

Há alienígenas do tipo reptiliano, como retratado no nosso filme *As Leis do Sol,* e outros como os conhecidos *greys* ("cinzentos"), de olhos amendoados e com cerca de 1,30 metro de altura. Em termos bem sucintos, posso dizer que os *greys* não são originalmente seres vivos, pois foram criados como uma espécie de ciborgue, ou organismo cibernético.

Também existem seres chamados *bigfeet* ("pés grandes"), uma raça de alienígenas gigantes. Eles têm o corpo coberto de pelos, pés com mais de 60 centímetros e medem quase 3 metros de altura. Parecem uma espécie de *yeti* ou homem das neves. Na realidade, em seu planeta de origem não são da raça humana, mas uma espécie de seres mantidos como animais de criação. Em termos terrenos, seriam como dinossauros que involuíram. Os *bigfeet* eram originalmente animais agressivos, mas desde que degeneraram foram amansados e mantidos como bichos de estimação.

Há muitas espécies de alienígenas que já visitaram a Terra. Atualmente, de fato, várias delas têm vindo e indo. No Japão, porém, a informação sobre esses seres é escassa, do mesmo modo que a informação sobre o mundo espiritual. Acham que é justo e verdadeiro duvidar da sua existência. Por isso, o país procura "excluir esse tipo de informação" e, portanto, pouca coisa é divulgada. As escassas informações que circulam raramente aparecem na mídia, e quando isso ocorre, o enfoque está em apresentar os casos de fraude que foram desmascarados. Portanto, no que se refere ao conhecimento sobre alienígenas, os japoneses permanecem bem desinformados.

A Verdade sobre as Abduções por Óvnis

Nos Estados Unidos, o número de encontros com óvnis e abduções por extraterrestres cresceu de modo alarmante nos últimos anos, gerando preocupação[16]. Quase sempre, os indivíduos não se lembram do evento, pois foram hipnotizados para esquecer.

Em muitos desses casos, as pessoas se queixam de sangramento nasal e, quando se examina seu nariz, são encontradas partículas de metal incrustadas nas narinas. Quando submetidas a uma hipnose regressiva, "elas contam que foram abduzidas por óvnis, mas não conseguem relembrar o que aconteceu". Houve muitos casos de abduções de seres humanos e isso se tornou um problema preocupante[17].

Os relatos das pessoas abduzidas são sempre muito semelhantes, portanto, tudo leva a crer que sejam verídicos. No entanto, mesmo sabendo que são verídicos, existe uma lacuna tão grande entre a tecnologia alienígena e a nossa que não há o que fazer em relação às abduções.

Na maioria dos casos de abdução por extraterrestres, "a pessoa está na cama ou dirigindo um carro sozinha por uma estrada à noite, quando de repente perde a consciência e, ao voltar, descobre que se passou mais ou menos uma hora". Durante esse tempo, foi levada para o interior de uma nave espacial, onde seu corpo foi estudado e passou por experiências. No caso das mulheres, às vezes elas são submetidas a experimentos de procriação de seres, metade alienígena metade terráquea.

---

16. Para mais informações, consultar John E. Mack, *Abduction: Human Encounters with Aliens* (Ballantine Books). O autor é um professor de psiquiatria no Hospital Cambridge da Escola de Medicina de Harvard. A informação a seguir se baseia nesse livro.
17. Consultar Colin Wilson, *Alien Dawn: An Investigation into the Contact Experience* (Fromm International).

Sabemos que os alienígenas fazem esse tipo de coisa, mas isso foi apagado da memória dos abduzidos. Quando eles voltam, só pela hipnose é que "descobrem ter visto um óvni, com uma luz brilhante, e depois um alienígena que saiu do óvni". Quase sempre esses alienígenas são *greys*.

O mais surpreendente é que os alienígenas são capazes de abduzir pessoas através de barreiras físicas, como paredes. Quando um deles faz brilhar uma espécie de raio sobre a pessoa, ela flutua no ar e atravessa uma janela ou porta fechada, como se não existissem. Esse fenômeno é similar ao que ocorre quando a alma sai do corpo durante uma experiência de projeção astral. A natureza desse raio de tração emitido pelos óvnis com certeza será examinada e pesquisada no futuro.

A maioria das abduções por óvnis parece ocorrer nos Estados Unidos, e suponho que esse país tenha sido escolhido para ser pesquisado por ser o mais avançado do mundo. Além disso, se as pessoas fossem abduzidas num país tão populoso como o Japão, "os óvnis com certeza seriam vistos, por isso eles evitam países de alta densidade populacional". Os Estados Unidos são um país grande, com muitas casas isoladas e rodovias desertas, por isso é mais fácil os alienígenas trabalharem lá sem serem notados.

Existe uma imensa disparidade tecnológica entre eles e nós, o que facilita o seu trabalho de abduzir pessoas na Terra e realizar vários experimentos. É algo parecido com a maneira pela qual nós capturamos e marcamos aves migratórias ou alevinos de salmão para fazer pesquisas. Assim, embora tenhamos conhecimento que essas abduções estão ocorrendo, somos muito defasados tecnologicamente e incapazes de fazer qualquer coisa para evitá-las.

Os extraterrestres sabem se mover entre a terceira e quarta dimensões e conseguem até atravessar paredes sólidas, por isso não podemos capturá-los e prendê-los. Seria como tentar prender um fantasma.

Esse tipo de fenômeno é bastante comum e acho que será um grande desafio para nós no século 21. A atividade de óvnis tem sido cada vez maior, sobretudo nas últimas décadas, desde que a humanidade desenvolveu a tecnologia de viajar pelo céu e pelo espaço. Isso fez com que os alienígenas ficassem muito interessados em nós. Antigamente, quando a humanidade conhecia pouco sobre o universo, não teria sido estimulante para eles interagir conosco, mas agora que nós aqui na Terra sabemos mais sobre o universo, é provável que eles tenham maior interesse em nos provocar dessa maneira.

Seja como for, ao examinarmos as ações dos alienígenas, parece haver também um elemento de travessura no que fazem. Minha impressão é que há alienígenas ainda na idade juvenil que vêm à Terra e se divertem importunando os terrestres e fazer experimentos que mais parecem trabalhos escolares de aula de ciências. Muito do que fazem não parece obra de adultos e sim brincadeira de jovens. A impressão que dá é que, como eles sabem que não podem ser pegos, se sentem livres para agir.

Limites para a Intervenção dos Extraterrestres nos Assuntos da Terra

Como expus até aqui, há muitos fenômenos misteriosos neste mundo. A meu ver, a Happy Science não seria capaz de cumprir seu propósito se negássemos a existência dessa espécie de ocultismo ou misticismo.

Imagino que uma definição verdadeira deste mundo seria a seguinte: "o reino tridimensional é como um mundo dentro de um aquário, circundado por um mundo vasto e ilimitado. O aquário e o mundo exterior, no entanto, não estão completamente separados; o aquário está contido dentro deste mundo vasto e ilimitado".

Quem está no mundo exterior pode intervir livremente no mundo que fica no interior do aquário – por exemplo, colocando as mãos dentro dele, remexendo-o com um pauzinho ou alimentando seus ocupantes. Vamos dizer que humanos fora do aquário coloquem as mãos dentro dele e peguem um dos peixinhos. Os outros peixes não vão entender o que aconteceu, "só perceberão que um dos seus companheiros sumiu". Mas algum tempo depois esse peixe desaparecido é colocado de novo dentro do aquário e os outros ficam assombrados com seu "súbito retorno". As abduções feitas por óvnis são mais ou menos assim.

O funcionamento dos óvnis tem por base a relação entre este mundo e o mundo espiritual. Portanto, quando a ciência na Terra tiver clareza sobre o mundo espiritual, conseguirá encarar os extraterrestres em igualdade de condições.

Mas ainda temos um longo caminho a percorrer em nossa tecnologia científica; por isso, se os extraterrestres decidissem fazer o que lhes viesse à cabeça, seríamos impotentes para opor resistência. Equivale mais ou menos à época em que europeus como Colombo chegaram ao Caribe e depois à América continental: a civilização europeia era tão avançada em relação às civilizações descobertas que podia fazer o que quisesse.

É por isso que o cientista Stephen Hawking disse algo mais ou menos assim: "Não quero acreditar na existência de vida extraterrestre, porque se houvesse alienígenas, seríamos como os nativos diante da invasão do homem branco. Haveria uma diferença imensa entre nossas civilizações, e o simples fato de pensar nisso é assustador, por isso prefiro não acreditar que existam".

Os alienígenas com certeza têm tecnologia para nos dominar, mas não o fazem. Nesse aspecto, também eles são parte do oculto, pois nos dão vislumbres de sua existência, mas nunca revelam tudo. Eles realmente abduzem pessoas na Terra, mas apagam suas memórias para que não sejam capazes de lembrar o que aconteceu. É claro que, se as vítimas são hipnotizadas, conseguem recordar tudo o que ocorreu, e os extraterrestre já levam isso em conta.

Do mesmo modo que os líderes religiosos nos ensinam sobre o mundo espiritual, os alienígenas nos deixam saber de vez em quando que "há um mundo secreto no espaço e que é desse mundo que eles vêm quando visitam a Terra". Mesmo assim, não mostram todos os segredos, e há uma razão para isso. "Eles evitam revelar tudo para que possamos procurar as respostas por nós mesmos e descobrir a verdade."

Talvez você tenha receio de que uma diferença de tecnologia desse porte lhes permita fazer o que quiserem. Mas no universo há uma organização semelhante à nossa ONU, que estabelece regras para os alienígenas, evitando que passem dos limites.

Além disso, há seres no grupo espiritual da Terra que estão envolvidos em questões relacionadas com o universo. Como já mencionei, Rient Arl Croud é o encarregado das relações intergalácticas, e Confúcio é outro espírito da nona dimensão que está atualmente envolvido na questão.

Quando os extraterrestres vêm à Terra, recebem instruções sobre "os limites daquilo que podem fazer aqui". Portanto, não podem agir à vontade; assim, em última instância, não há real motivo de preocupação. Não corremos o risco de ser aniquilados pelos extraterrestres.

As formas de vida da terceira dimensão, ou seja, as criaturas com corpos físicos, são um recurso muito valioso para o universo. Há inúmeras almas no universo cujos corpos físicos pereceram e não conseguem encontrar corpos adequados para habitar. Nesses casos, precisam ir a outro planeta encontrar novos corpos para usar. Por isso, os corpos físicos são um recurso importante no universo e devem ser preservados.

Às vezes os extraterrestres vêm à Terra e "negociam o uso dos nossos corpos", mas isso também tem limites. São feitas promessas e negociações em cada caso. No presente momento, eles não têm permissão para ir além do estágio atual de nosso conhecimento do misticismo, por isso gostaria que todas as pessoas ficassem tranquilas a esse respeito.

Revelar o Que Está Oculto

Como se pode deduzir do que escrevi até aqui, temos grandes desafios à nossa espera a partir do século 21, inclusive o "de descobrir a relação entre a terceira dimensão e dimensões superiores, e também saber em que medida seremos capazes de usar essa descoberta como tecnologia para viajar entre as dimensões. Outra questão a considerar é saber se essas informações serão ensinadas nas escolas como conhecimento padrão ou se ainda serão mantidas em segredo como uma forma de ocultismo".

Vai levar um tempo até que se revelem todos os segredos, pois cada novo mistério esclarecido irá colocar em pauta novos mistérios. Acredito que o livro *As Leis do Sol* mostrou muito da verdade, mas ainda há um grande número de segredos a desvendar. *As Leis do Sol* apenas explica aquilo que é permitido e "julgado adequado" para o estágio atual da humanidade, mas há muito mais a ser revelado.

Ao divulgar os ensinamentos da Happy Science, não podemos ignorar as regras deste mundo, nem a racionalidade e o conhecimento que é geralmente aceito, caso contrário seríamos vítimas de perseguições e não poderíamos prosseguir por muito tempo com nossa missão. Assim, é preciso fazer algumas concessões ou racionalizações, e procurar nos adequarmos ao senso comum geralmente aceito. Nesse contexto, os ensinamentos da Happy Science sobre o ocultismo ainda são limitados.

Se eu revelasse todas as verdades sobre os mistérios deste mundo, isso iria contradizer de muitas maneiras os fatos deste mundo. Por isso, eu limito em certo grau meus ensinamentos, para que possam se harmonizar com estágio atual deste mundo.

Para ser honesto, atualmente uso menos de 10% dos meus dons espirituais para evitar grandes conflitos com este mundo. Algumas pessoas se esforçam para aceitar quando digo que sou capaz de conversar com os espíritos e os espíritos guardiões das pessoas. Mas o que elas diriam se eu revelasse que sou capaz de entender até mesmo as conversas entre os corvos ou de ouvir os peixes conversando enquanto nadam num lago?

Na verdade, o mundo em que vivo é cheio desses mistérios. Posso ouvir as conversas entre os pássaros e entender as emoções e até os pensamentos de animais e insetos. Mas, se eu levar isso muito longe, vou descobrir que, apesar de entender tudo no universo, minha vida aqui neste mundo se tornará muito difícil. Por isso conduzo a Happy Science de modo que ela possa se harmonizar o melhor possível com a sociedade humana.

Mas digo que, "à medida que o número de pessoas que acreditam nesses ensinamentos aumentar e se tornarem seguidores, começarei a revelar aos poucos o que atualmente se encontra escondido como parte do ocultismo".

Os Seres Humanos Possuem Órgãos Espirituais

Até certo ponto, todos os seres humanos possuem órgãos espirituais. Embora o corpo humano seja considerado matéria, na realidade também há vários órgãos espirituais nesse corpo. A fronte, na parte da testa entre as sobrancelhas, é um exemplo disso. O "Sutra do Lótus" diz que "Buda Shakyamuni emitia um raio de luz branca a partir desse ponto". Essa luz branca também é mostrada em nosso filme *As Leis do Sol*. A fronte é o ponto por onde se emite a poderosa força espiritual do pensamento. A vontade expressa por meio desse poder mental é uma das funções espirituais extremamente criativa e positiva.

Os olhos também são órgãos espirituais. As pessoas falam da "abertura dos olhos espirituais" e basta observar os olhos de alguém para ver se sua visão espiritual está aberta ou não. Quando meus olhos espirituais foram abertos, eu conseguia ver no espelho que eles haviam mudado. Quando estão abertos espiritualmente, os olhos têm um brilho a mais de luz interior. Quando seus olhos têm esse brilho, você vê coisas espirituais – é capaz de enxergar a aura e os corpos espirituais das pessoas. Pode sentir também as ondas de pensamento dos outros, e se alguém pensa muito em você, consegue enxergar essa pessoa tão claramente como se ela estivesse na sua frente.

Algumas das pessoas que têm olhos espirituais abertos conseguem me ver de um modo espiritual. Por exemplo, quando viajei para a América e para a Europa, encontrei nesses países várias pessoas que me enxergavam espiritualmente.

O nariz é outro órgão espiritual. São poucas as pessoas que fazem uso espiritual do nariz para discernir cheiros espirituais. Quando aparece um mau espírito ou quando uma pessoa possuída por um mau espírito se aproxima delas, elas sentem um cheiro ruim, mesmo que não haja qualquer odor real no ar. Os espíritos do Inferno às vezes são reconhecidos pelo odor terrível que emanam – um cheiro único, uma mistura de ar abafado de cortiço com cheiro de lama de rio. Ao contrário, quando os anjos aparecem, algumas pessoas sentem uma fragrância muito agradável. No nosso mundo moderno, as pessoas têm geralmente um olfato muito pobre, mas algumas conseguem discernir muito bem esses cheiros.

Houve uma época em que circulou a notícia de que Lee, o célebre ator de filmes de Kung Fu, vinha se manifestando como fantasma após a morte. Dizem que um cheiro terrível acompanhava seu espírito, por isso correu um boato afirmando que ele teria ido parar no Inferno (atualmente, ele faz parte do grupo de espíritos assessores da Happy Science).

A área que vai da garganta até a boca, muito usada ao proferir palestras, também emite uma grande quantidade de luz. Nesse caso, a luz é emitida sob a forma de palavras, portanto, também se pode dizer que esta área é um órgão espiritual. Minhas palestras são sempre filmadas, e quando reproduzidas mais tarde, as imagens e a voz ainda possuem poder espiritual. Mesmo que seja uma palestra de vários anos atrás, se uma pessoa possuída por um mau espírito a assiste, o mau espírito que a possui de repente se mostra violento ou então a abandona, fugindo da luz. Trata-se de um fenômeno de fato incrível.

Como é possível preservar poder espiritual numa gravação e depois reproduzi-lo mais tarde? Na realidade, o poder espiritual emitido durante minhas palestras fica gravado em forma de imagem e som, e portanto está "traduzido" em algo deste mundo. Assim, quando o filme é passado de novo, o poder das altas esferas, situado nos domínios além da quarta dimensão, se manifesta novamente. Quanto ao mecanismo real desse processo, gostaria que os pesquisadores de engenharia elétrica estudassem esse fenômeno.

O oposto também pode acontecer. Quando vejo alguém possuído por um mau espírito ou por algum espírito maligno mais poderoso ainda, seja pela televisão, seja num vídeo, esses espíritos às vezes vêm me visitar. O mesmo pode acontecer com fotografias; e se a pessoa na foto já morreu, eu fico sabendo disso na hora. Esse fenômeno ocorre com imagens de vídeo e também com fotos.

A palma da mão também tem um chacra espiritual por onde a luz pode ser emitida. O poder de cura muitas vezes pode fluir por esse chacra, e ao impor as mãos sobre alguém é possível curar a pessoa de alguma doença. Há um poder positivo que flui da palma da mão e certas pessoas são capazes de senti-lo. Às vezes esse poder pode ser usado para curar feridas – e as feridas ficam curadas de fato, na hora. Antigamente, as pessoas usavam com frequência esse poder. No entanto, é muito importante que a mente da pessoa esteja em harmonia para que a palma da mão possa emitir essa vibração de cura.

O coração é outro órgão espiritual. Ele é facilmente influenciado por emoções externas e pode perceber diretamente as emoções de outras pessoas. Por outro lado, se a pessoa desenvolve uma vontade forte, é capaz de influenciar quem está à sua volta. Portanto, o coração possui um grande poder espiritual.

O "tandem", um ponto de energia vital localizado no baixo ventre, também é um centro espiritual importante. Uma prática muito comum em diversas linhas religiosas e espiritualistas é harmonizar a mente procurando manter o coração sereno e cultivando a paciência. O centro espiritual desse poder de harmonizar a mente está localizado no "tandem".

Na parte abaixo do tandem ficam os órgãos sexuais. O homem tem o órgão masculino e os testículos, enquanto a mulher tem os genitais femininos e o útero. Esses também são órgãos espirituais que emitem poder espiritual. Desde tempos antigos, muitas religiões pregam tabus sexuais, e uma das razões disso é "a relação que há entre o desejo sexual e a capacidade espiritual".

Quando a vitalidade da pessoa ou a energia da sexualidade declina, ela é incapaz de se proteger dos ataques dos maus espíritos. Conforme sua vitalidade vai diminuindo, vai caindo também sua resistência aos maus espíritos. Por outro lado, quando a energia sexual está em níveis elevados, ela consegue emitir um intenso poder mental pela vontade, tornando-se capaz de construir um campo espiritual magnético poderoso em volta de si para emanar essa energia mental. Imagino que as pessoas antigamente estavam bem cientes desse fato. Como a dieta delas era bem menos rica em calorias, só conseguiam acumular um estoque de energia gradualmente, por isso tinham de controlar o consumo da energia sexual a fim de acumular poder espiritual. Já as pessoas da atualidade têm dietas alimentares muito calóricas, o que lhes permite restaurar rapidamente suas energias.

É por isso que naquela época se recomendava a "abstinência sexual". Ao se praticar a abstinência sexual, acumula-se grande poder espiritual. As religiões esotéricas e a ioga chamam essa energia de *kundalini* – que significa literalmente "enrolado" e se refere à energia liberada pelo chacra da sexualidade. Trata-se de uma força realmente muito poderosa. Se usada com bons propósitos, confere um grande poder para expulsar maus espíritos ou ajudar alguém a avançar no sentido da iluminação; mas, se usada com fins equivocados, pode se revelar destrutiva. Portanto, é um poder que tem um aspecto positivo e outro negativo.

Em resumo, nos corpos humanos existem diversas partes espirituais e cada uma exerce um tipo de influência. Se você fizer um esforço consciente para desenvolver essas áreas, elas irão gerar mais poder.

Embora os seres humanos sejam afetados por muitas coisas materiais e físicas enquanto estão vivendo neste mundo, também estão sujeitos a influências espirituais. Vivemos sob a influência desses dois fatores e, nesse sentido, somos similares aos peixes que vivem num aquário dentro de uma sala. Os peixes do aquário são afetados não só pelo que acontece dentro dele, mas também pelo que ocorre na sala. Por favor, entenda sua vida também desse modo.

6

O Misticismo Dá Coragem e Poder para as Pessoas Superarem Seus Limites

Neste capítulo, revelei vários aspectos do "ocultismo como poder" e gostaria de concluir sugerindo que você não fique muito preocupado com a maneira pela qual o mundo vê as pessoas que se envolvem com o ocultismo. Há muitos fenômenos místicos neste mundo, mas se você acreditar no misticismo, será capaz de liberar o verdadeiro poder que tem sido bloqueado pela forma de pensar do coletivo. Esse poder que vive reprimido dentro de você irá se manifestar. É importante libertá-lo. Além do mais, quando abrir os olhos e começar a acreditar no mundo que existe além deste, você descobrirá um eu superior grandioso e sentirá uma imensa coragem brotar em seu interior.

Você não deve se surpreender ao ficar sabendo da existência de civilizações passadas como a da Atlântida e de Mu. Houve outras grandes civilizações, mais antigas ainda, no nosso planeta. Quando pensamos nessas civilizações de nosso passado distante, as preocupações mundanas do cotidiano mostram-se bem menos importantes. "Você percebe então que tem levado a sério demais uma série de questões pequenas e insignificantes". Se limitar sua visão apenas a este nosso mundo, qualquer coisa será motivo de preocupação, mas se for além dele, sentirá que um grandioso poder o preencherá.

O Poder do Ocultismo

Nesse sentido, a Happy Science, como uma religião espiritualista e búdica, acredita no poder do ocultismo. Ocultismo e misticismo têm o poder de dar coragem às pessoas, ajudando-as a superar suas limitações e manifestar milagres por meio de fenômenos sobrenaturais. Na verdade, não há nada de estranho nisso, trata-se apenas da natureza original do universo. Por isso, estamos trabalhando para desenvolver e manifestar o poder original contido no ser humano, que atualmente representa apenas 10% do seu verdadeiro potencial. As religiões deste mundo estão diante de um grande impasse, por isso nada lhes resta a não ser retornar ao seu ponto de partida.

Capítulo Cinco

O Que Significa Crer

Superando as Barreiras Espirituais entre Este Mundo e o Outro

O Que Significa Crer

As Três Formas de Viver dos Espíritos Guias de Luz

Gostaria de encerrar este livro com o tema "O que significa crer". As religiões crescem e se desenvolvem de várias maneiras ao longo do tempo, mas às vezes é preciso voltar às origens, ou à essência das religiões, isto é, àquela parte que pode ser explicada com as palavras mais simples. Para atender às diversas necessidades desse mundo, os ensinamentos de uma religião acabam ganhando diversidade e complexidade, mas o que acaba restando até o fim são os ensinamentos que estão mais próximo das origens, o que é universal e um tanto abstrato.

Vamos começar com uma reflexão sobre a vida dos Espíritos Guias de Luz. Esses espíritos de luz descem do mundo celestial para nascer na Terra, onde cumprem vários trabalhos e depois retornam ao outro mundo. Eles podem levar sua vida aqui na Terra de três maneiras diferentes.

Primeiro, "há os Espíritos Guias de Luz que não são bem aceitos neste mundo e têm uma vida difícil, cheia de decepções. Seus esforços são reconhecidos apenas em seus últimos anos, às vezes só depois que morrem, e seus ensinamentos só são valorizados gradualmente, após um longo período de tempo". Essas pessoas em geral estão muito à frente do seu tempo e não são compreendidas por seus contemporâneos. Além disso, por se tratar de seres muito espiritualizados, a distância entre seus ensinamentos e o pensamento do mundo material é grande demais para que as pessoas normais possam aceitá-los e compreendê-los.

    O segundo tipo "é constituído por aqueles que fazem uso de seus poderes como Espíritos Guias de Luz realizando diversos tipos de trabalho, que resultam em algum reconhecimento social. Mas a certa altura da vida entram em conflito com este mundo e acabam fracassando, não conseguindo completar sua missão original. Esforçam-se para transmitir seus ensinamentos em meio a adversidades e sofrimentos de uma forma resignada – como um bicho-da-seda, que tece cada fio –, e colocam suas esperanças nos ensinamentos, confiando que os discípulos cuidarão de divulgá-los no futuro". Pelo fato "de que um dia podem acabar sendo reconhecidos pelas pessoas", são nesse aspecto semelhantes ao primeiro tipo de Espírito Guia.

    O terceiro tipo "são aqueles que conseguem ser bem-sucedidos neste mundo, obtendo reconhecimento ainda enquanto estão vivos. Seu modo de vida é respeitado tanto por seus contemporâneos quanto pelas gerações futuras".

    Os Espíritos Guias de Luz experimentam um desses três tipos de vida enquanto estão na Terra. Agora, gostaria de analisar mais detalhadamente cada um desses três estilos.

    O modo de vida do primeiro tipo é extremamente espiritual. É até estranho que esses mestres vivam num corpo humano, no mundo material, e tenham necessidade de se alimentar. Penso que é bastante comum uma pessoa muito religiosa adotar um estilo de vida que é rejeitado pelos outros. Há um grande número de pessoas desse tipo e muitos dos profetas do Antigo Testamento eram assim. Jesus Cristo levou um estilo de vida que também pode ser considerado muito próximo dessa categoria. Se examinarmos os dois mil anos de história após a vinda de Cristo, veremos que houve numerosos líderes religiosos cujo modo de vida foi de completa negação à vida mundana, mas que mais tarde acabaram sendo reconhecidos. Esse tipo de pessoa é comum entre os religiosos.

Os espíritos guias do segundo tipo até encontram pessoas que os seguem por um tempo, mas não conseguem acompanhá-los até o fim. O caminho na vida desse tipo de espírito guia é repleto de obstáculos, e geralmente sua vida acaba se tornando infeliz. Foi assim que aconteceu com Confúcio, na China. "Ele até conseguiu alcançar um bom sucesso neste mundo, mas experimentou muitos reveses e, no final, concentrou-se em transmitir seus ensinamentos somente para seus discípulos mais próximos". Portanto, esse tipo de espírito guia "alcança certo grau de sucesso mundano e, como no caso dele, às vezes pode chegar até a ministro de Estado, mas em última instância não consegue transmitir seu ensinamento inteiramente. Não é compreendido pelas pessoas e, no final, somente aqueles que são capazes de entender seus ensinamentos é que transmitirão sua mensagem".

O terceiro tipo de espírito guia é daqueles indivíduos que se tornam líderes bastante ativos neste planeta. Eles participam do mundo da política, dos negócios e acadêmico, têm sucesso em suas respectivas áreas e realizam seu potencial. Há vários exemplos de líderes desse tipo.

É difícil dizer "qual dentre esses três caminhos de vida é mais espiritual ou religioso", mas, de qualquer modo, em termos gerais são esses os três tipos básicos. Além disso, se analisarmos ainda mais essa classificação, o primeiro tipo, dos que não foram compreendidos e aceitos neste mundo, poderá ser dividido em dois subtipos. Um é o daqueles que enfrentam forte rejeição e vivem uma vida trágica, sem nunca conseguirem reconhecimento.

O outro subtipo é o daqueles que se isolam voluntariamente para viver uma vida tranquila em seu próprio mundo, à margem da sociedade. Muitos monges budistas pertencem a esse subtipo. Eles vão para as montanhas e se isolam da sociedade, como fez o monge japonês Ryokan Osho. Muitos ascetas que buscavam por aprimoramento espiritual antigamente eram desse tipo. Não exerciam nenhuma influência na sociedade, preferindo viver em retiros espirituais. Esse estilo de vida também é encontrado nas filosofias de Lao-tsé e Chuang-tzu, fundadores do taoismo.

Levavam um estilo de vida pacífico e completamente alheio às adversidades. Concentravam-se em manifestar seu mundo espiritual neste mundo terreno. Viviam em retiros isolados da sociedade. Este estilo também pode ser considerado como um tipo à parte, formando assim quatro tipos de vida de espíritos guias neste mundo terreno.

O Que Significa Crer

2

Uma Inversão de Valores

Dois Conjuntos de Valores Contraditórios

Por que motivo os espíritos guias, que possuem um elevado conhecimento, podem adotar valores tão inversos e levar uma vida isolada da sociedade ou cheia de dificuldades e tragédias? Uma das razões é que "seus valores são completamente diferentes dos valores terrenos".

Antes de nascer, todas as pessoas sabem qual é sua verdadeira natureza e seu verdadeiro caminho de vida. No entanto, depois que nascem e são criadas aqui na Terra, aos poucos se esquecem disso. Aos dez anos de idade, o ego da pessoa começa a se formar. Ela se reconhece como indivíduo independente e começa a se esforçar para criar uma vida melhor e mais confortável para si dentro do seu mundo.

Visto do plano terreno, este é um processo de crescimento e uma forma de se aprimorar como ser humano; ao mesmo tempo, porém, esse processo faz a pessoa esquecer sua condição de ser espiritual. Conforme este mundo vai se tornando mais confortável e prazeroso de se viver, de acordo com seus ideais, a pessoa vai ficando cada vez mais absorvida por ele.

No entanto, à medida que você fica mais velho, seu corpo enrijece e você não é mais capaz de se mover com tanta liberdade. Sente o corpo pesado, como se estivesse vestindo uma armadura, e tudo exige maior esforço. Suas costas ficam curvadas, surgem rugas no rosto, o cabelo fica grisalho e depois cai. Sua expressão já não tem a mesma vivacidade de antes, a memória às vezes falha e você esquece as coisas com facilidade. A vida se torna mais difícil.

Envelhecer é um processo doloroso, no sentido mundano, mas ele faz com que esse mundo não pareça mais um lugar tão confortável para se viver. É como um retorno à infância. Dizem que é uma involução: "ao envelhecer você regride e volta a ser criança novamente". O fato de o mundo se tornar um lugar mais difícil para viver significa que você está voltando ao seu ponto de partida. Então, nesse caminho de volta, você compreende que se aproxima a hora de dizer adeus a este mundo.

Neste planeta, considera-se um fato bom que a pessoa, à medida que for crescendo, "estabeleça seu ego e desenvolva sua individualidade". Concordo com isso, pois faz parte da disciplina de aprimoramento espiritual neste mundo. No entanto, você precisa levar em conta que isso significa, ao mesmo tempo, que você está esquecendo seu ser original e se afastando cada vez mais dele.

Depois de certa idade, seu corpo fica mais fraco, não tem a mesma liberdade de movimentos e você não pode mais fazer o que quer com ele; no entanto, você também começa a sentir que este mundo não é mais o lugar ideal para você. Então intui que há outro lugar esperando por você e começa aos poucos a se sentir atraído por ele.

Portanto, há dois valores contraditórios neste mundo. É preciso se aperfeiçoar como ser humano individual a fim de ser bem-sucedido e se tornar alguém competente aqui. Só que, quanto mais você se esforça nessa direção, mais se afasta do outro mundo e começa a perder seu ser espiritual original.

A Filosofia da "Ausência de Ego" Ensinada pelo Buda Shakyamuni

Levando em conta o que eu ensinei até aqui, gostaria agora de falar um pouco sobre a filosofia da "ausência de ego" ensinada pelo Buda Shakyamuni. Quando chegamos aos dez anos de idade, começamos naturalmente a desenvolver nosso ego, e isso vale para todos. As pessoas discutem, agridem e às vezes até matam para proteger a si mesmas. Às vezes brigam também por comida. A sobrevivência é essencial, por isso é natural que elas entrem no mundo do ego, e elas fazem isso sem que ninguém nunca tenha ensinado.

    Nos termos deste mundo, desenvolver o ego é considerado parte do processo de crescimento. No entanto, a filosofia da ausência de ego contradiz isso totalmente. À primeira vista, tem-se a impressão de que as pessoas que adotam essa filosofia da ausência de ego saem perdendo nas disputas desse mundo. Num ambiente de egos rivais, alguém que acredite numa filosofia de ausência de ego irá parecer aos outros uma boa presa, alguém fácil de derrotar, alguém sem a menor chance de vencer.

    Porém, uma pessoa que conseguiu atingir plenamente esse estado mental de ausência de ego tem o poder de fazer com que os outros reflitam sobre seus pensamentos e ações, e que no final se arrependam. Uma pessoa desapegada do seu ego "levará os outros a sentir o quanto é inútil viver magoando os outros para proteger o próprio ego, ou brigar e colocar obstáculos aos demais na tentativa de garantir o próprio sucesso". Fará com que os outros também "aprendam a filosofia da ausência do ego, ainda que em parte, e isso tornará a vida deles mais fácil".

Esta filosofia da ausência do ego tem um efeito semelhante ao dos ensinamentos do zen-budismo, uma seita que emergiu da corrente principal do budismo. Os zen-budistas usam métodos que aplicam "fortes xingamentos" ou palavras de sabedoria para despertar as pessoas e mudar instantaneamente sua maneira de pensar". A filosofia da ausência do ego tem um poder parecido.

Devemos considerar também que, enquanto vivemos neste mundo, "é impossível abrir mão do ego de uma vez e tornar-se alguém totalmente sem ego". Do mesmo modo que é impossível livrar-se por completo dos desejos humanos enquanto se habita um corpo físico, "o ego tampouco pode ser totalmente apagado". Na verdade, muitas pessoas não conseguem se livrar de seus egos nem mesmo depois de morrer, quando já deixaram seu corpo físico e se tornaram espírito. É dificílimo extinguir o ego.

Assim, quando alguém se arrisca a ensinar a filosofia de como anular o ego, ou quando transmite algo contrário aos valores mundanos, surgem pessoas que desejam aprender mais sobre esses ensinamentos e gostariam de se esforçar para controlar seus egos, ainda que um pouco.

Dessa forma, começarão a brotar as primeiras sementes da harmonia, da Utopia. Em outras palavras, mesmo havendo pessoas neste mundo que vivem somente com base em seus instintos, buscando sempre engrandecer a si mesmas, ao entrar em contato com alguém que ensina valores contrários, muitas podem despertar para uma forma de pensar completamente diferente. De certo modo, encontrar tais filosofias irá conduzir os indivíduos para a consciência do outro mundo de novo. É assim que funciona a filosofia de "ausência de ego".

Eleve Seu Grau de Autorrealização Abandonando Seu Ego

A ausência de ego pode ser descrita também como o "abandono de si". Abandonar a si significa "abrir mão do seu eu inferior – aquele que se apega demais a este mundo material e sofre com ele –, para buscar um eu mais elevado". Ao abandonar o coração que está apegado aos desejos de conseguir coisas para si, você começa a manifestar um grau mais elevado de autorrealização. Quanto mais você abre mão das coisas, mais você recebe.

Quem são as pessoas que mais se desapegam? Geralmente são aquelas que decidiram utilizar seu limitado período de vida em prol dos outros, seja por dezenas ou centenas de anos. Agindo assim, colocando a vida à disposição dos outros, quanto mais intensa for essa dedicação, mais coisas conseguirão realizar por meio da vida de outras pessoas. É como se renascessem numa escala muito maior.

Por outro lado, aqueles que usam sua vida limitada apenas em benefício próprio nunca conseguem nada que transcenda sua própria vida. Quando uma pessoa dedica décadas de sua vida limitada em benefício dos outros, seja 50%, 60%, 70%, 80%, 90%, 99% ou mesmo 100%, acaba descobrindo que sua vida produziu dezenas ou centenas de vezes mais do que poderia alcançar sozinha no mesmo período de vida.

E que tipo de gente consegue isso? Se a pessoa basear sua vida em valores mundanos, não será capaz de se dedicar a metas altruístas. Há muitas pessoas que parecem altruístas, mas têm valores enraizados neste mundo, e são na verdade hipócritas. Podem fazer boas ações, mas exclusivamente "por vaidade ou desejo de fama, para ganhar elogios, ou para se sentirem melhor consigo mesmas".

Aqueles que não são hipócritas, mas verdadeiramente capazes de renunciar a si mesmos, são pessoas espiritualizadas e amadas pelo Buda Eterno/Deus. Possuem um coração puro que está em sintonia com o Buda Eterno/Deus. Caso contrário, não conseguiriam levar esse tipo de vida.

Aqueles que vivem apenas segundo seus instintos, geralmente se ocupam em expandir a si mesmos ou engrandecer seu ego, acreditando que este é o princípio do sucesso. Do ponto de vista terreno, sem dúvida dá a impressão de que, se você agir de outro modo, irá perder para os outros e sentir-se fracassado. Mas, se quiser conseguir mesmo uma grande vitória, uma vitória real, terá de inverter totalmente seu ponto de vista.

Quem vive para o bem do maior número possível de pessoas e se dispõe a abrir mão da própria vida em favor dos outros, terá uma colheita muito abundante. Será capaz de ganhar dez, cem, mil vezes mais, fazendo o melhor uso possível da vida que lhe foi dada por Buda ou Deus.

… Do Sucesso Mundano à Iluminação Religiosa

Como afirmei antes, mesmo Espíritos Guias de Luz têm três ou quatro maneiras diferentes de viver neste mundo, e não sabemos qual delas permitirá que cada um cumpra sua missão e lhe traga a verdadeira felicidade. Tudo depende das aptidões de cada indivíduo.

As pessoas que conseguem guiar os outros e ao mesmo tempo alcançam sucesso neste mundo têm um nível comparativamente alto de racionalidade, inteligência e resistência física, mas precisam ficar atentas para não se envolverem demais com o sucesso terreno, a ponto de se esquecerem do seu verdadeiro eu. Muitas das sementes do fracasso podem estar ocultas naquilo que você pensa ser um sucesso.

Muita gente alcança relativo sucesso neste mundo, mas depois de passar por alguma dificuldade, procura a autorrealização em um caminho religioso. Encontramos boa parte dessas pessoas nas organizações religiosas. Elas precisam tomar cuidado para não usar sua dedicação religiosa como uma maneira de desviar a atenção de suas queixas ou insatisfações em relação a este mundo, ou como uma forma de aliviar a ansiedade por não terem conseguido o que desejavam. "Muitas delas vivem reclamando de outros membros da religião ou criticando-os, e às vezes isso expressa sua insatisfação por não terem sido capazes de conseguir sucesso neste mundo".

Mesmo que você tenha experimentado infelicidade em sua vida, é importante se esforçar sempre para purificar seu coração e evitar que sua mente fique encoberta por causa de suas experiências difíceis. Ainda que alcance apenas 50% ou 80% do sucesso que imaginava obter, mesmo que tenha fracassado, não fique apenas lamentando sua situação. Em vez disso, "aprenda a valorizar-se por ter ido tão longe sem perder sua visão espiritual neste mundo material. Isso é algo pelo qual você deveria se sentir muito grato. Portanto, é tempo de você voltar ao seu eu original e dedicar-se à disciplina espiritual". Se ficar afastado do mundo terreno, mas continuar a atacá-lo e criticá-lo em função de um ressentimento pessoal, não conseguirá obter progresso espiritual.

A última categoria é a daquelas pessoas que vivem totalmente alheias a este mundo, levando vidas trágicas e duríssimas, ou que se isolam completamente da sociedade. Esse tipo de vida é muito sofrido e essas pessoas raramente são entendidas pelos outros. É preciso ter alguma inclinação natural para viver desse modo, e nem todos têm. As pessoas que tentam levar esse tipo de vida enfrentam dificuldades para conseguir cumprir sua missão; são criticadas, pressionadas, perseguidas, difamadas e sofrem preconceito. Talvez percam seu sustento financeiro, debilitem sua saúde e tenham de enfrentar todo tipo de problema. Poucas têm convicção suficiente para superar essas dificuldades e continuar avançando, mantendo a rejeição dos valores mundanos.

Portanto, para a maioria das pessoas, a melhor opção é "procurar o sucesso como pessoa comum e no decorrer da vida ir transformando suas experiências em despertar religioso e num grau mais elevado de iluminação".

A Ciência do Mundo Espiritual

O Significado da Palavra "Ciência" no Nome da Happy Science (Ciência da Felicidade)

Gostaria que todos compreendessem o significado da palavra "ciência" no nome "Happy Science (Ciência da Felicidade)". No nosso contexto, "ciência" não se refere a ciências naturais ou a pesquisas científicas, mas à ciência da fé ou ciência da crença, ou seja, ao estudo das "leis espirituais", do "funcionamento da mente" e "das Leis que regem a passagem deste mundo para o próximo".

Não se trata, portanto, de uma ciência baseada apenas na matéria que podemos ver fisicamente, ouvir ou tocar, uma ciência que acredite apenas em fatos provados pela realização do mesmo experimento dez ou cem vezes. Nossa ciência se baseia num mundo que não pode ser visto, ouvido ou tocado. Praticamente ninguém nunca viajou até esse mundo oculto e voltou para contar. Apesar disso, continuo ensinando que "o outro mundo é o verdadeiro, e que este em que vivemos agora é apenas uma estadia temporária, um pequeno mundo que está envolto por um mundo muito mais vasto".

Se essas minhas afirmações forem julgadas apenas a partir daquilo que as pessoas aprendem e experimentam neste mundo, poderão soar completamente absurdas, pois a maioria das pessoas nunca estudou o outro mundo. Em vez de aceitar meus ensinamentos, é muito mais fácil acreditar que "a raça humana avançada existe apenas há uns poucos milhares de anos". É mais fácil acreditar cegamente que, muito tempo atrás, "algumas proteínas se juntaram ao acaso e se desenvolveram para formar organismos como lagartos, sapos, aves, borboletas ou mesmo mamíferos como as baleias e, enfim, os humanos".

No entanto, quando examinamos essas teorias por uma perspectiva de mundo bem mais ampla, fica impossível dar-lhes crédito. Mesmo assim, muitas pessoas, em sua alegre ignorância, acreditam nelas.

No mundo atual, parece que a ciência moderna realizou uma espécie de lavagem cerebral nas pessoas, que acabaram adotando-a como sua "religião". Todo mundo foi ensinado a acreditar "apenas naquilo que pode ser provado por meio de fórmulas de química ou física e acha que, se uma coisa não foi provada desse modo, ela não existe".

A verdade, porém, é que aquilo que hoje todos consideram como um "fato" não é algo realmente comprovado. É quase impossível pesquisar qualquer coisa de maneira exaustiva. Os cientistas fazem "apenas suposições, com base em cálculos ou indícios". A partir deles, podem supor, por exemplo, "que o Big Bang aconteceu em determinada época", mas por mais malabarismos que façam, "não chegarão a ter uma noção de como a matéria foi criada a partir do nada". As respostas a tais questões existem além desse mundo e só podem ser encontradas no terreno da fé, no mundo do Buda Eterno ou de Deus.

O mesmo vale para os seres humanos. Os animais sem dúvida podem evoluir para se adequar ao seu ambiente neste mundo, mas um edifício, por exemplo, não pode surgir espontaneamente, mesmo que todos os materiais necessários estejam disponíveis e reunidos. Aqui, é impossível ocorrer algo assim e qualquer pessoa que tenha construído uma casa entende isso muito bem. Você pode colocar cimento, água, cascalho, tijolos e vigas de aço num espaço aberto e deixar lá por cem ou mil anos. Será que a casa irá construir-se sozinha? Não, é claro que não. Para construir uma casa, primeiro alguém precisa querer construí-la, depois desenhar um projeto e coordenar os trabalhos das pessoas envolvidas na construção. Sem isso, a casa nunca será construída.

O mesmo vale para os humanos. Fomos criados somente porque houve um Ser que "desejou criar" a humanidade e fez um esforço para realizar esse desejo. Não há outra possibilidade a não ser esta.

Portanto, a ciência tenta negar a fé, em nome da própria ciência. Mas temos uma ciência bem mais elevada, "a ciência do mundo espiritual", que vai muito além das questões terrenas. Gostaria que todas as pessoas estivessem bem conscientes disso.

As Pessoas da Atualidade Perderam Seus Poderes Originais

Para ensinar a ciência do mundo espiritual, temos de criar um movimento que promova uma inversão de valores do senso comum. Para isso, precisamos contar com pessoas cujas ações pareçam loucas à luz dos valores desse mundo, que pareçam excêntricas ou estranhas, mesmo que se tornem alvo de zombarias neste mundo. No entanto, elas só parecem estranhas porque os habitantes deste planeta mergulharam numa maneira de pensar equivocada.

Na escola, você deve ter lido sobre fantasmas ou espíritos. As pessoas hoje tendem a ridicularizar essas coisas, "considerando-as crenças primitivas"; no entanto, se mantiver seus olhos espirituais abertos, descobrirá que elas de fato existem e são exatamente do jeito que foram descritas. Nesse sentido, é difícil dizer se estamos mais avançados hoje ou nos tempos antigos, quando essas histórias foram escritas.

Antigamente, as pessoas pelo menos eram capazes de sentir ou experimentar no dia a dia o funcionamento da mente dos outros, perceber o poder mental, sentir o mundo espiritual. Hoje, no entanto, pouca gente é capaz disso; as pessoas perderam seus poderes originais.

Os seres humanos desenvolveram novas habilidades, mas, ao mesmo tempo, perderam muitas das capacidades que costumavam ter. Não é que tenham perdido as capacidades dos chamados povos primitivos; o que perderam foram as capacidades espirituais originais que só iremos recuperar depois de morrermos e deixarmos nossos corpos.

Atualmente, as pessoas não têm mais seus poderes originais, e tentam se firmar apenas dentro das regras deste mundo. É uma situação triste, porque significa que quase todo mundo está vivendo de forma incorreta. Se fôssemos hoje decidir pelo voto da maioria em que consiste a Verdade, as pessoas certamente não iriam votar na verdade espiritual real. Mas não seria surpresa; se a maioria apoiasse as verdades espirituais, isso significaria que essas verdades estariam sendo entendidas como as ideias mais racionais; elas seriam as verdades comprovadas, e todos iriam aceitá-las sem problemas. Só que então não haveria mais espaço para o surgimento da fé. A fé tornou-se essencial porque a maioria das pessoas neste mundo não aceita a verdade espiritual.

O Que Significa Crer

Transcendendo a Barreira entre Este e o Outro Mundo

Por Que Precisamos do Poder da Fé

A fé é o poder que transcende a barreira entre este e o outro mundo. É a nossa arma para ir além da barreira que separa esses dois mundos. Por meio da crença, é possível atravessar a barreira entre essas duas dimensões. Com o poder da fé, podemos transcender as barreiras espirituais dos mundos dimensionais e, consequentemente, permitir que muitas coisas passem a circular entre essas dimensões. Isso permitiria recuperar nossos diversos poderes e fazer com que este mundo e o outro se tornem um só.

Quando você tem uma fé intensa, passa a viver num mundo multidimensional, embora ainda esteja vivendo na terceira dimensão. Quanto mais forte for sua fé, mais elevado no mundo celestial você se encontrará, por exemplo no Reino dos *Tathagatas* (arcanjos), no Reino dos *Bodhisattvas* (anjos), no Reino da Luz ou no Reino do Bem.

Do mesmo modo, pessoas cujas mentes estão cheias de maus pensamentos descobrirão que sua mente está conectada com o Inferno, apesar de elas continuarem vivendo na Terra. No mundo da mente, essas pessoas estão ligadas ao Inferno e criaram uma passagem entre os dois mundos. Hoje em dia o mundo tem muitas fés equivocadas, que criam esse tipo de acesso entre o nosso mundo e o Inferno.

Portanto, é fundamental entender o seguinte: é muito importante que as pessoas corretas triunfem e que a verdadeira justiça seja estabelecida neste mundo. Eu tenho esperança que isso se torne realidade. Mas sei também que nem sempre é possível. Neste nosso mundo, às vezes o que é certo ou bom pode ser derrotado pelo que é errado ou mau, mas isso é apenas uma consequência de como este mundo material funciona. Não podemos esquecer que ele foi criado como uma espécie de campo de treinamento, onde vivemos diante da dificuldade de compreender o que é certo. É um lugar onde as almas estão sempre sendo testadas. Por isso, precisamos lembrar que "uma religião não pode ser julgada certa ou errada somente pelas suas vitórias ou derrotas neste mundo material".

O poder da fé torna-se fundamental porque os princípios deste mundo são diferentes dos que regem o outro. É por isso que você precisa ter força para superar essas diferenças. E é nesse momento que a fé se torna indispensável.

A Perseverança Sustenta a Fé

Você talvez pergunte: Como sustentar ou manter a fé? E a resposta é: por meio da perseverança. Os pensamentos das pessoas realmente tornam-se realidade, e isso não falha. Só que leva algum tempo para que os pensamentos se concretizem, e os meios e métodos pelos quais isso ocorre nem sempre são aqueles que você imaginou no início. Isso é algo que você precisa aceitar.

Neste mundo, seus pensamentos podem não se manifestar da maneira ideal, e às vezes eles irão fazê-lo de um modo que seria apenas sua segunda ou terceira melhor escolha. "Pessoas com as quais você contava" podem se recusar a ajudá-lo, e você talvez receba apoio "da pessoa que menos esperava". Alguém que você via como "inimigo" pode vir a apoiá-lo, e "amigos" seus podem acabar virando inimigos.

Neste mundo, é difícil conseguir tudo o que se quer em termos de dinheiro, terras, casas e outras coisas desse tipo, e seus pensamentos podem se realizar de uma maneira diferente da esperada. Mesmo assim, os desejos que você guarda com intensidade no seu coração irão aos poucos se realizar. Há muitas maneiras diferentes de se concretizarem, mas no final eles se manifestarão.

Em tempos de dificuldades, e por você ser uma pessoa de fé, é vital que seja capaz de perseverar. Você deve conquistar essa capacidade. É por meio da perseverança que seus pensamentos irão se concretizar.

Por favor, tenha consciência disso: "os resultados da fé nem sempre se manifestam durante o seu tempo de vida". "Se aquilo em que você acredita não se manifesta neste mundo, isso não quer dizer que você não tenha uma fé profunda, forte e pura."

"Quando não se alcança o que se quer imediatamente, é fácil deixar de acreditar", mas você deve lembrar que há pessoas que sonham que seu sucesso se manifeste daqui a centenas ou mesmo milhares de anos. Somente o tempo poderá dizer se essas esperanças eram sensatas ou não.

Eleve Sua Fé e Tenha Mais Coragem

Já se passaram mais de vinte anos desde que a Happy Science iniciou suas atividades. Sinto que alcançamos maior reconhecimento e mais sucesso do que esperávamos, e que recebemos o apoio de mais pessoas do que imaginávamos no início. Isso é algo que me faz sentir extremamente grato.

Às vezes, porém, fico preocupado, pensando se o real motivo dos ensinamentos que transmito estarem "sendo aceitos por um número tão grande de pessoas neste mundo não seria o fato de não exigir das pessoas uma fé mais profunda" para entrar na Happy Science. Essa sensação desconfortável às vezes passa pelo meu coração. Ou seja, em certo sentido, talvez a maneira como transmito os ensinamentos e a forma com que nós o difundimos seja ainda um pouco materialista. Para podermos guiar todas as pessoas no mundo, precisamos que a fé se eleve ainda mais.

Tentamos cooperar e nos harmonizar com os outros, pois essa é uma arma muito benéfica neste mundo, mas se essa capacidade vier a limitar e enfraquecer nossas atividades, teremos dificuldade de nos expandirmos ainda mais. Devemos "nos perguntar se estamos ou não ficando acomodados com o número de pessoas que entendem e valorizam nosso movimento". A razão é que a grande maioria das pessoas do mundo ainda não conhece ou não acredita na Happy Science, mas parece que não ligamos muito para isso e já estamos satisfeitos com a estreita faixa de gente que compartilha nossas visões. Se deixarmos assim, as massas irão simplesmente olhar para nós e pensar que não temos nada a oferecer, passando a nos ignorar. Mas não é isso o que vim realizar aqui.

Uma religião que conta com ampla aceitação às vezes perde seu poder de se desenvolver para além do estágio em que se encontra. Por isso, "estamos sempre apresentando novos temas, oferecendo às pessoas novos estímulos e incentivando-as a promover uma inversão de seus valores". Se não passarmos a todo momento essa energia, não conseguiremos nos tornar uma força poderosa no verdadeiro sentido do termo, ou prosperar no século 21 e além dele.

Abordei aqui diversos assuntos, mas, se tivesse de resumir este capítulo numa frase, eu diria: "Acreditar é transcender a barreira dimensional entre este mundo e o outro". Existe claramente uma barreira dimensional entre este mundo e o mundo espiritual, e as pessoas comuns são incapazes de transcendê-la. O que nos permite superá-la é o ato da fé. Para compreender e dominar de fato a fé, você deve superar essa barreira. Transcender essa barreira é algo que vem acompanhado de sofrimento. Requer paciência. Mas, depois que você consegue superá-la, torna-se, pela primeira vez, uma pessoa que não é deste mundo, apesar de ainda viver nele.

Como se diz no budismo, uma pessoa cuja mente está sintonizada com o outro mundo é chamada de *"arhat"*; no Cristianismo é chamada de "santo". Você precisa acreditar que é capaz de entrar no mundo em que eles vivem. E o meu desejo mais sincero é que todas as pessoas consigam adquirir mais coragem para que possam realizar esse grande feito.

Posfácio

É preciso ter coragem para produzir um *best-seller* com o tipo de conteúdo apresentado neste livro. Qualquer pessoa ligada ao mundo dos negócios poderá confirmar isso.

Para conquistar confiança nas minhas palavras, publiquei quase quatrocentos livros[18]. Com base nessa confiança, enfrentei o árduo desafio de revelar as verdades místicas do grande universo.

Acredito que após a leitura deste livro você vai achar impossível voltar ao seu velho eu, pois agora conhece os segredos que permeiam este e o outro mundo.

Depois de ter descoberto o que havia sido mantido oculto, como você se sente? Sente-se culpado ou sente a coragem preenchendo seu coração? Seja qual for sua experiência, pode ter certeza de que o rumo de vida em que você acaba de embarcar irá levá-lo por caminhos totalmente novos.

Ryuho Okawa
2004

---

18. Em 2012, Mestre Okawa já havia publicado bem mais de mil livros.

Sobre o Autor

Ryuho Okawa nasceu em 7 de julho de 1956, em Tokushima, Japão. Após graduar-se na Universidade de Tóquio, juntou-se a uma empresa mercantil com sede em Tóquio. Enquanto trabalhava na filial de Nova York, estudou Finanças Internacionais no Graduate Center of the City University of New York.

Em 23 de março de 1981, alcançou a Grande Iluminação e despertou para Sua consciência central, El Cantare – cuja missão é trazer felicidade para a humanidade –, e fundou a Happy Science em 1986.

Atualmente, a Happy Science expandiu-se para mais de 160 países, com mais de 700 templos e 10 mil casas missionárias ao redor do mundo. O mestre Ryuho Okawa realizou mais de 3.350 palestras, sendo mais de 150 em inglês. Ele possui mais de 2.900 livros publicados – traduzidos para mais de 37 línguas –, muitos dos quais alcançaram a casa dos milhões de exemplares vendidos, inclusive As Leis do Sol.

Ele compôs mais de 450 músicas, inclusive músicas-tema de filmes, e é também o fundador da Happy Science University, da Happy Science Academy (ensino secundário), do Partido da Realização da Felicidade, fundador e diretor honorário do Instituto Happy Science de Governo e Gestão, fundador da Editora IRH Press e presidente da New Star Production Co. Ltd. e ARI Production Co. Ltd.

Sobre a Happy Science

A Happy Science é um movimento global que capacita as pessoas a encontrar um propósito de vida e felicidade espiritual, e a compartilhar essa felicidade com a família, a sociedade e o planeta. Com mais de 12 milhões de membros em todo o globo, ela visa aumentar a consciência das verdades espirituais e expandir nossa capacidade de amor, compaixão e alegria, para que juntos possamos criar o tipo de mundo no qual todos desejamos viver. Seus ensinamentos baseiam-se nos Princípios da Felicidade – Amor, Conhecimento, Reflexão e Desenvolvimento –, que abraçam filosofias e crenças mundiais, transcendendo as fronteiras da cultura e das religiões.

O **amor** nos ensina a dar livremente sem esperar nada em troca; amar significa dar, nutrir e perdoar.

O **conhecimento** nos leva às ideias das verdades espirituais e nos abre para o verdadeiro significado da vida e da vontade de Deus – o universo, o poder mais alto, Buda.

A **reflexão** propicia uma atenção consciente, sem o julgamento de nossos pensamentos e ações, a fim de nos ajudar a encontrar o nosso eu verdadeiro – a essência de nossa alma – e aprofundar nossa conexão com o poder mais alto. Isso nos permite alcançar uma mente limpa e pacífica e nos leva ao caminho certo da vida.

O **desenvolvimento** enfatiza os aspectos positivos e dinâmicos do nosso crescimento espiritual: ações que podemos adotar para manifestar e espalhar a felicidade pelo planeta. É um caminho que não apenas expande o crescimento de nossa alma, como também promove o potencial coletivo do mundo em que vivemos.

Programas e Eventos

Os templos da Happy Science oferecem regularmente eventos, programas e seminários. Junte-se às nossas sessões de meditação, assista às nossas palestras, participe dos grupos de estudo, seminários e eventos literários. Nossos programas ajudarão você a:

- aprofundar sua compreensão do propósito e significado da vida;
- melhorar seus relacionamentos conforme você aprende a amar incondicionalmente;
- aprender a tranquilizar a mente, mesmo em dias estressantes, pela prática da contemplação e da meditação;
- aprender a superar os desafios da vida e muito mais.

Contatos

A Happy Science é uma organização mundial, com centros de fé espalhados pelo globo. Para ver a lista completa dos centros, visite a página happy-science.org (em inglês). A seguir encontram-se alguns dos endereços da Happy Science:

BRASIL

São Paulo (Matriz)
Rua Domingos de Morais 1154,
Vila Mariana, São Paulo, SP
CEP 04010-100, Brasil
Tel.: 55-11-5088-3800
E-mail: sp@happy-science.org
Website: happyscience.com.br

São Paulo (Zona Sul)
Rua Domingos de Morais 1154,
Vila Mariana, São Paulo, SP
CEP 04010-100, Brasil
Tel.: 55-11-5088-3800
E-mail: sp_sul@happy-science.org

São Paulo (Zona Leste)
Rua Fernão Tavares 124,
Tatuapé, São Paulo, SP
CEP 03306-030, Brasil
Tel.: 55-11-2295-8500
E-mail: sp_leste@happy-science.org

São Paulo (Zona Oeste)
Rua Rio Azul 194,
Vila Sônia, São Paulo, SP
CEP 05519-120, Brasil
Tel.: 55-11-3061-5400
E-mail: sp_oeste@happy-science.org

Campinas
Rua Joana de Gusmão 108,
Jd. Guanabara, Campinas, SP
CEP 13073-370, Brasil
Tel.: 55-19-4101-5559

Capão Bonito
Rua Benjamin Constant 225,
Centro, Capão Bonito, SP
CEP 18300-322, Brasil
Tel.: 55-15-3543-2010

Jundiaí
Rua Congo 447,
Jd. Bonfiglioli, Jundiaí, SP
CEP 13207-340, Brasil
Tel.: 55-11-4587-5952
E-mail: jundiai@happy-science.org

Londrina
Rua Piauí 399, 1º andar, sala 103,
Centro, Londrina, PR
CEP 86010-420, Brasil
Tel.: 55-43-3322-9073

Santos / São Vicente
Tel.: 55-13-99158-4589
E-mail: santos@happy-science.org

Sorocaba
Rua Dr. Álvaro Soares 195, sala 3,
Centro, Sorocaba, SP
CEP 18010-190, Brasil
Tel.: 55-15-3359-1601
E-mail: sorocaba@happy-science.org

Rio de Janeiro
Rua Barão do Flamengo 32, 10º andar,
Flamengo, Rio de Janeiro, RJ
CEP 22220-080, Brasil
Tel.: 55-21-3486-6987
E-mail: riodejaneiro@happy-science.org

ESTADOS UNIDOS E CANADÁ

Nova York
79 Franklin St.,
Nova York, NY 10013
Tel.: 1-212-343-7972
Fax: 1-212-343-7973
E-mail: ny@happy-science.org
Website: happyscience-na.org

Los Angeles
1590 E. Del Mar Blvd.,
Pasadena, CA 91106
Tel.: 1-626-395-7775
Fax: 1-626-395-7776
E-mail: la@happy-science.org
Website: happyscience-na.org

San Francisco
525 Clinton St.,
Redwood City, CA 94062
Tel./Fax: 1-650-363-2777
E-mail: sf@happy-science.org
Website: happyscience-na.org

Havaí – Honolulu
Tel.: 1-808-591-9772
Fax: 1-808-591-9776
E-mail: hi@happy-science.org
Website: happyscience-na.org

Havaí – Kauai
4504 Kukui Street,
Dragon Building Suite 21,
Kapaa, HI 96746
Tel.: 1-808-822-7007
Fax: 1-808-822-6007
E-mail: kauai-hi@happy-science.org
Website: happyscience-na.org

Flórida
5208 8th St., Zephyrhills,
Flórida 33542
Tel.: 1-813-715-0000
Fax: 1-813-715-0010
E-mail: florida@happy-science.org
Website: happyscience-na.org

Toronto (Canadá)
845 The Queensway Etobicoke,
ON M8Z 1N6, Canadá
Tel.: 1-416-901-3747
E-mail: toronto@happy-science.org
Website: happy-science.ca

Contatos

INTERNACIONAL

Tóquio
1-6-7 Togoshi, Shinagawa
Tóquio, 142-0041, Japão
Tel.: 81-3-6384-5770
Fax: 81-3-6384-5776
E-mail: tokyo@happy-science.org
Website: happy-science.org

Londres
3 Margaret St.,
Londres, W1W 8RE, Reino Unido
Tel.: 44-20-7323-9255
Fax: 44-20-7323-9344
E-mail: eu@happy-science.org
Website: happyscience-uk.org

Sydney
516 Pacific Hwy, Lane Cove North,
NSW 2066, Austrália
Tel.: 61-2-9411-2877
Fax: 61-2-9411-2822
E-mail: sydney@happy-science.org
Website: happyscience.org.au

Kathmandu
Kathmandu Metropolitan City
Ward No 15, Ring Road, Kimdol,
Sitapaila Kathmandu, Nepal
Tel.: 977-1-427-2931
E-mail: nepal@happy-science.org

Kampala
Plot 877 Rubaga Road, Kampala
P.O. Box 34130, Kampala, Uganda
Tel.: 256-79-3238-002
E-mail: uganda@happy-science.org

Bangkok
19 Soi Sukhumvit 60/1,
Bang Chak, Phra Khanong,
Bangkok, 10260, Tailândia
Tel.: 66-2-007-1419
E-mail: bangkok@happy-science.org

Website: happyscience-thai.org

Paris
56-60 rue Fondary 75015
Paris, França
Tel.: 33-9-50-40-11-10
Website: www.happyscience-fr.org

Berlim
Rheinstr. 63, 12159
Berlim, Alemanha
Tel.: 49-30-7895-7477
E-mail: kontakt@happy-science.de

Filipinas Taytay
LGL Bldg, 2nd Floor,
Kadalagaham cor,
Rizal Ave. Taytay,
Rizal, Filipinas
Tel.: 63-2-5710686
E-mail: philippines@happy-science.org

Seul
74, Sadang-ro 27-gil,
Dongjak-gu, Seoul, Coreia do Sul
Tel.: 82-2-3478-8777
Fax: 82-2- 3478-9777
E-mail: korea@happy-science.org

Taipé
Nº 89, Lane 155, Dunhua N. Road.,
Songshan District, Cidade de Taipé 105,
Taiwan
Tel.: 886-2-2719-9377
Fax: 886-2-2719-5570
E-mail: taiwan@happy-science.org

Kuala Lumpur
Nº 22A, Block 2, Jalil Link Jalan Jalil
Jaya 2, Bukit Jalil 57000, Kuala Lumpur,
Malásia
Tel.: 60-3-8998-7877
Fax: 60-3-8998-7977
E-mail: malaysia@happy-science.org

Outros livros de Ryuho Okawa

SÉRIE LEIS

As Leis do Sol – *A Gênese e o Plano de Deus*
IRH Press do Brasil

Ao compreender as leis naturais que regem o universo e desenvolver sabedoria pela reflexão com base nos Oito Corretos Caminhos, o autor mostra como acelerar nosso processo de desenvolvimento e ascensão espiritual. Edição revista e ampliada.

As Leis do Segredo
A Nova Visão de Mundo que Mudará Sua Vida
IRH Press do Brasil

Qual é a Verdade espiritual que permeia o universo? Que influências invisíveis aos olhos sofremos no dia a dia? Como podemos tornar nossa vida mais significativa? Abra sua mente para a visão de mundo apresentada neste livro e torne-se a pessoa que levará coragem e esperança aos outros aonde quer que você vá.

As Leis de Aço
Viva com Resiliência, Confiança e Prosperidade
IRH Press do Brasil

A palavra "aço" refere-se à nossa verdadeira força e resiliência como filhos de Deus. Temos o poder interior de manifestar felicidade e prosperidade, e superar qualquer mal ou conflito que atrapalhe a próxima Era de Ouro.

Outros Livros de Ryuho Okawa

As Leis do Sucesso – *Um Guia Espiritual para Transformar suas Esperanças em Realidade*
IRH Press do Brasil

O autor mostra quais são as posturas mentais e atitudes que irão empoderá-lo, inspirando-o para que possa vencer obstáculos e viver cada dia de maneira positiva e com sentido. Aqui está a chave para um novo futuro, cheio de esperança, coragem e felicidade!

As Leis de Bronze
Desperte para sua Origem e Viva pelo Amor
IRH Press do Brasil

Okawa nos encoraja a encontrar o amor de Deus dentro de cada um e a conhecer a Verdade universal. Com ela, é possível construir a fé, que é altruísta e forte como as portas de bronze das seculares igrejas cristãs europeias, que protegem nossa felicidade espiritual de quaisquer dificuldades.

As Leis da Fé
Um Mundo Além das Diferenças
IRH Press do Brasil

Sem Deus é impossível haver elevação do caráter e da moral do ser humano. As pessoas são capazes de nutrir sentimentos sublimes quando creem em algo maior do que elas mesmas. Eis aqui a chave para aceitar a diversidade, harmonizar os indivíduos e as nações e criar um mundo de paz e prosperidade.

As Leis da Missão
Desperte Agora para as Verdades Espirituais
IRH Press do Brasil

O autor afirma: "Agora é a hora". Quando a humanidade está se debatendo no mais profundo sofrimento, é nesse momento que Deus está mais presente. Estas também são as leis da salvação, do amor, do perdão e da verdade. Construa um túnel para perfurar a montanha da teoria.

As Leis da Invencibilidade – *Como Desenvolver uma Mente Estratégica e Gerencial*
IRH Press do Brasil

Okawa afirma: "Desejo fervorosamente que todos alcancem a verdadeira felicidade neste mundo e que ela persista na vida após a morte. Um intenso sentimento meu está contido na palavra 'invencibilidade'. Espero que este livro dê coragem e sabedoria àqueles que o leem hoje e às gerações futuras".

As Leis da Sabedoria
Faça Seu Diamante Interior Brilhar
IRH Press do Brasil

A única coisa que o ser humano leva consigo para o outro mundo após a morte é seu *coração*. E dentro dele reside a *sabedoria*, a parte que preserva o brilho de um diamante. O mais importante é jogar um raio de luz sobre seu modo de vida e produzir magníficos cristais durante sua preciosa passagem pela Terra.

Outros Livros de Ryuho Okawa

As Leis da Perseverança – *Como Romper os Dogmas da Sociedade e Superar as Fases Difíceis da Vida* – IRH Press do Brasil

Você pode mudar sua forma de pensar e vencer os obstáculos da vida apoiando-se numa força especial: a perseverança. O autor compartilha seus segredos no uso da perseverança e do esforço para fortalecer sua mente, superar suas limitações e resistir ao longo do caminho que o levará a uma vitória infalível.

As Leis do Futuro
Os Sinais da Nova Era
IRH Press do Brasil

O futuro está em suas mãos. O destino não é algo imutável e pode ser alterado por seus pensamentos e suas escolhas: tudo depende de seu despertar interior. Podemos encontrar o Caminho da Vitória usando a força do pensamento para obter sucesso na vida material e espiritual.

As Leis da Imortalidade
O Despertar Espiritual para uma Nova Era Espacial
IRH Press do Brasil

As verdades sobre os fenômenos espirituais, as leis espirituais eternas e como elas moldam o nosso planeta. Milagres e ocorrências espirituais dependem não só do Mundo Celestial, mas sobretudo de cada um de nós e do poder em nosso interior – o poder da fé.

As Leis da Salvação
Fé e a Sociedade Futura
IRH Press do Brasil

O livro analisa o tema da fé e aborda questões importantes como a verdadeira natureza do homem enquanto ser espiritual, a necessidade da religião, a existência do bem e do mal, o papel das escolhas, a possibilidade do apocalipse, como seguir o caminho da fé e ter esperança no futuro, entre outros.

SÉRIE AUTOAJUDA

Os Verdadeiros Oito Corretos Caminhos
Um Guia para a Máxima Autotransformação
IRH Press do Brasil

Neste livro, Ryuho Okawa nos orienta, passo a passo, como aplicar no cotidiano os ensinamentos dos Oito Corretos Caminhos propagados por Buda Shakyamuni e mudar o curso do nosso destino. Descubra este tesouro secreto da humanidade e desperte para um novo "eu", mais feliz, autoconsciente e produtivo.

Twiceborn – Renascido
Partindo do Comum até Alcançar o Extraordinário
IRH Press do Brasil

Twiceborn está repleto de uma sabedoria atemporal que irá incentivar você a não ter medo de ser comum e a vencer o "eu fraco" com esforços contínuos. Eleve seu autoconhecimento, seja independente, empenhe-se em desenvolver uma perspectiva espiritual e desperte para os diversos valores da vida.

Outros Livros de Ryuho Okawa

Introdução à Alta Administração
Almejando uma Gestão Vencedora
IRH Press do Brasil

Aqui estão os conhecimentos essenciais aos executivos da alta administração. Almeje uma gestão vencedora com: os 17 pontos-chave para uma administração de sucesso; a gestão baseada em conhecimento; atitudes essenciais que um gestor deve ter; técnicas para motivar os funcionários; a estratégia para sobreviver a uma recessão.

O Verdadeiro Exorcista
Obtenha Sabedoria para Vencer o Mal
IRH Press do Brasil

Assim como Deus e os anjos existem, também existem demônios e maus espíritos. Esses espíritos maldosos penetram na mente das pessoas, tornando-as infelizes e espalhando infelicidade àqueles ao seu redor. Aqui o autor apresenta métodos poderosos para se defender do ataque repentino desses espíritos.

Mente Próspera – *Desenvolva uma Mentalidade para Atrair Riquezas Infinitas*
IRH Press do Brasil

Okawa afirma que não há problema em querer ganhar dinheiro se você procura trazer algum benefício à sociedade. Ele dá orientações valiosas como: a atitude mental de *não rejeitar a riqueza*, a filosofia do *dinheiro é tempo*, como manter os espíritos da pobreza afastados, entre outros.

O Milagre da Meditação – *Conquiste Paz, Alegria e Poder Interior*
RH Press do Brasil

A meditação pode abrir sua mente para o potencial de transformação que existe dentro de você e conecta sua alma à sabedoria celestial, tudo pela força da fé. Este livro combina o poder da fé e a prática da meditação para ajudá-lo a conquistar paz interior e cultivar uma vida repleta de altruísmo e compaixão.

O Renascimento de Buda
A Sabedoria para Transformar Sua Vida
IRH Press do Brasil

A essência do budismo nunca foi pregada de forma tão direta como neste livro. Em alguns trechos, talvez os leitores considerem as palavras muito rigorosas, mas o caminho que lhes é indicado é também bastante rigoroso, pois não há como atingir o pico da montanha da Verdade Búdica portando-se como simples espectador.

Trabalho e Amor
Como Construir uma Carreira Brilhante
IRH Press do Brasil

Okawa introduz dez princípios para você desenvolver sua vocação e conferir valor, propósito e uma devoção de coração ao seu trabalho. Você irá descobrir princípios que propiciam: atitude mental voltada para o desenvolvimento e a liderança; avanço na carreira; saúde e vitalidade duradouras.

Outros Livros de Ryuho Okawa

THINK BIG – Pense Grande
O Poder para Criar o Seu Futuro
IRH Press do Brasil

A ação começa dentro da mente. Tudo na vida das pessoas manifesta-se de acordo com o pensamento que elas mantêm em seu coração. A capacidade de criar de cada pessoa é limitada por sua capacidade de pensar. Com este livro, você aprenderá o verdadeiro significado do Pensamento Positivo e como usá-lo para concretizar seus sonhos.

Estou Bem!
7 Passos para uma Vida Feliz
IRH Press do Brasil

Este livro traz filosofias universais que irão atender às necessidades de qualquer pessoa. Um tesouro repleto de reflexões que transcendem as diferenças culturais, geográficas, religiosas e étnicas. É uma fonte de inspiração e transformação com instruções concretas para uma vida feliz.

A Mente Inabalável
Como Superar as Dificuldades da Vida
IRH Press do Brasil

Para o autor, a melhor solução para lidar com os obstáculos da vida – sejam eles problemas pessoais ou profissionais, tragédias inesperadas ou dificuldades contínuas – é ter uma mente inabalável. E você pode conquistar isso ao adquirir confiança em si mesmo e alcançar o crescimento espiritual.

SÉRIE FELICIDADE

A Verdade sobre o Mundo Espiritual
Guia para uma Vida Feliz – IRH Press do Brasil

Em forma de perguntas e respostas, este precioso manual vai ajudá-lo a compreender diversas questões importantes sobre o mundo espiritual. Entre elas: o que acontece com as pessoas depois que morrem? Qual é a verdadeira forma do Céu e do Inferno? O tempo de vida de uma pessoa está predeterminado?

A Essência de Buda
O Caminho da Iluminação e da Espiritualidade Superior
IRH Press do Brasil

Este guia almeja orientar aqueles que estão em busca da iluminação. Você descobrirá que os fundamentos espiritualistas, tão difundidos hoje, na verdade foram ensinados por Buda Shakyamuni, como os Oito Corretos Caminhos, as Seis Perfeições e a Lei de Causa e Efeito, o Vazio, o Carma e a Reencarnação, entre outros.

Ame, Nutra e Perdoe
Um Guia Capaz de Iluminar Sua Vida
IRH Press do Brasil

O autor revela os segredos para o crescimento espiritual por meio dos *Estágios do amor*. Cada estágio representa um nível de elevação. O objetivo do aprimoramento da alma humana na Terra é progredir por esses estágios e conseguir desenvolver uma nova visão do amor.

Outros Livros de Ryuho Okawa

O Caminho da Felicidade
Torne-se um Anjo na Terra
IRH Press do Brasil

Aqui se encontra a íntegra dos ensinamentos da Verdade espiritual transmitidos por Ryuho Okawa, que servem de introdução aos que buscam o aperfeiçoamento espiritual: são *Verdades Universais* que podem transformar sua vida e conduzi-lo para o caminho da felicidade.

SÉRIE ENTREVISTAS ESPIRITUAIS

Mensagens do Céu – *Revelações de Jesus, Buda, Moisés e Maomé para o Mundo Moderno*
IRH Press do Brasil

Okawa compartilha as mensagens desses quatro líderes religiosos, recebidas por comunicação espiritual, para as pessoas de hoje. Você compreenderá como eles influenciaram a humanidade e por que cada um deles foi um mensageiro de Deus empenhado em guiar as pessoas.

Walt Disney – *Os Segredos da Magia que Encanta as Pessoas*
IRH Press do Brasil

Graças à sua atuação diversificada, Walt Disney estabeleceu uma base sólida para seus empreendimentos. Nesta entrevista espiritual, o fundador do império conhecido como Disney World nos revela os segredos do sucesso que o consagrou como um dos mais bem-sucedidos empresários da área de entretenimento do mundo contemporâneo.

A Última Mensagem de Nelson Mandela
para o Mundo – *Uma Conversa com Madiba
Seis Horas Após Sua Morte* – IRH Press do Brasil

Logo após seu falecimento, Mandela transmitiu a Okawa sua última mensagem de amor e justiça para todos, antes de retornar ao mundo espiritual. Porém, a revelação mais surpreendente é que Mandela é um Grande Anjo de Luz, trazido a este mundo para promover a justiça divina.

O Próximo Grande Despertar
Um Renascimento Espiritual
IRH Press do Brasil

Esta obra traz revelações surpreendentes, que podem desafiar suas crenças: a existência de Espíritos Superiores, Anjos da Guarda e alienígenas aqui na Terra. São mensagens transmitidas pelos Espíritos Superiores a Okawa, para que você compreenda a verdade sobre o que chamamos de *realidade*.

Para mais informações, acesse:
www.okawalivros.com.br